探偵は教室にいない

川澄浩平

わたし、海砂《うみすな》真史《まふみ》には、ちょっと変わった幼馴染みがいる。幼稚園の頃から妙に大人びていて頭の切れる子供だった彼とは、別々の小学校に入って以来、長いこと会っていなかった。変わった子だと思っていたけど、中学生になってからは、どういう理由からか学校にもあまり行っていないらしい。しかし、ある日わたしの許に届いた差出人不明のラブレターをめぐって、わたしと彼——鳥飼《とりかい》歩《あゆむ》は、九年ぶりに再会を果たす。日々のなかで出会うささやかな謎を通して、少年少女たちが新たな扉を開く瞬間を切り取った、4つの物語。第28回鮎川哲也賞受賞作。

探偵は教室にいない

川　澄　浩　平

創元推理文庫

THE DETECTIVE IS NOT IN THE CLASSROOM

by

Kouhei Kawasumi

2018

目次

探偵は教室にいない

第一話の前に

僕を訪ねてくる奴なんて、果たして何年ぶりか。四半世紀、半世紀といった大げさな年月ではない。

残暑があまり感じられない、北海道らしい九月のことだ。

目の前にいる女子と会うのは初めてではない。

海砂真史《うみすなまふみ》とはお互いの母親同士が旧知の仲で、僕たちが生まれてからも付き合いが続いていた。母親たちが夫や姑《しゅうとめ》の悪口に花を咲かせる傍《かたわ》ら、同い年の僕たちは自然とテレビゲームなどをして時間をつぶすようになる。『桃太郎電鉄』で彼女を借金まみれにして大泣きさせるのは有意義とは言えないが、それなりに面白かった。

幼馴染《おさななじ》みといえば幼馴染みだが、交流を持っていたのは小学校に入るまでだ。彼女は友達を百人つくる過程において、会う度に借金を背負わせようと躍起《やっき》になるヤミ金の如《ごと》き男と交流を続ける必要はないと気づいたようだ。

友達百人どころか、中学二年になってから学校に行ったのは僅《わず》か三回という僕の前に姿を現わした幼馴染みからは、なるほど当時の面影が見てとれる。髪は昔と変わらず肩甲骨の辺りまである長髪で、黒目がちの目はパッチリとした二重だ。

「ひ……久しぶりだね」

彼女はそう言って、ぎこちなく笑みを浮かべた。まあ、親の都合で仕方なく会っていた人間と九年ぶりの再会ともなれば、そうなるだろう。左頬の小さなえくぼを見ると妙な郷《きょう》愁《しゅう》に駆られる。ゲームで執拗《しつよう》に泣かせた記憶ばかり浮かぶが、彼女が僕の前で笑顔になったこともあったということだろうか。

しかし、そのような郷愁は僕にとっては些《さ》末《まつ》なものだった。僕はまず、彼女の成長に驚かされたのだ。

「しばらく見ないうちに大きくなったなあ……」

「それ、親戚の人に会う度言われる」

まだ靴を脱いでいない彼女に対して、上がり框《かまち》の段差分、僕の方が物理的高みに位置しているが、僕と彼女の目線はほぼ同じくらいの高さで交《まじ》わっている。

「一七〇センチはあるか?」

「一六九!」

彼女は憤慨《ふんがい》しながら訂正した。

どっちも同じだろう！　とツッコミたくもなるが、そこは彼女なりに色々と思うところがあるのだろう。中学生どころか、成人女性でも彼女より背が高い人はあまりいないのではないか。モデル体型は言い過ぎだが、中学生にしては均整のとれた体つきに思える。

少し間を置いて、三和土《たたき》で立ち尽くす彼女に一言注意を述べる。あまり期待されても困るのだ。

「まぁ、話は聞くだけ聞いてはやるが、あまり当てにはしないでくれ。真史がいくら深刻に悩んでいるとはいっても、僕からすれば所詮他人事、特急列車や高速バスで暇《ひま》つぶしにやるクロスワードパズルのようなものだ」

「歩《あゆむ》は謎解きが得意でしょ。小学生のとき、自由研究の工作を壊した犯人を当てたんだって？」

「そんな話誰から聞いた？」

彼女とは小学校も中学校も違う。

「歩のお母さんから」

僕と彼女が会うのは九年ぶりだが、母親同士は今に至るまで交流が続いている。まったく、口の軽いことだ。

「それよりな、さっきから気になってたんだが」

彼女が右手に提《さ》げている、半透明のビニール袋に入った直方体の白い箱を指す。

「それは『カカオ10g《グラム》』で買ったケーキだな！」

彼女は顔を引きつらせてたじろぐ。

僕が突然興奮気味に声を張り上げたものだから、少し面食らってしまったようだ。

しかし彼女はすぐに冷静さを取り戻し、

「一生懸命考えてね。じゃなきゃ、ケーキは全部わたしが食べちゃうから」

そう言って笑みを浮かべる。そうだった。昔から彼女が僕に笑ってみせるのは、決まって僕を挑発するときだった。

別に彼女の挑発に乗るつもりはないが、まず一番にやらなければならないことがある。

「ケーキは生モノだ、一刻も早く冷蔵庫に入れるぞ！　コーヒーを淹《い》れるからダイニングで待ってろ」

僕は彼女からほとんどひったくるようにしてケーキの箱を掠《かす》め取り、冷蔵庫へ向かう。

彼女は、甘いものに抗《あらが》うことのできない僕の性質を忘れていなかった。

まったく、抜け目のない女だ。

第一話　Love letter from...

小学生の頃からミニバスをやっていたので、中学校でバスケ部に入るのは自然な流れだった。札幌《さっぽろ》市の発寒《はっさむ》にあるうちの中学のバスケ部は強豪と呼ぶには程遠く、全道大会なんて夢のまた夢だけど、今いるメンバーはそれなりに真剣に練習している。

「ウミ、目標シート書けた？　明日までだよ」

「今日中に書くよ」

部活が終わり、昇降口で靴を履き替えているところを母の小言のような口調で催促《さいそく》するのは、同じくバスケ部員でクラスメイトの栗山英奈《くりやまえな》だ。一五〇センチと小柄で、あどけない顔つきにつやつやとした黒髪のショートボブがよく似合っている。見た目は家で編み物でもしながら飼い猫を愛《め》でることを最高の喜びとしていそうな雰囲気だけど、それからは想像できないほどバスケのプレイは激しい。ガチガチに固められたインサイドをドリブルで強引にこじあけてボールをリングにねじ込むのが得意だ。よくファウルをとるし、とられる。

逆にわたしは、こんなでかい図体《ずうたい》でありながら、体のぶつけ合いは得意ではないからそんなにやりたくない。

「英語の宿題だってあるんだよ。できるの？」

「明日ノート写させてよ」

わたしはつい、しっかり者のエナに甘えてしまう。

「今度という今度は絶対に見せてあげないから。両方とも、家に帰ったらちゃんとやるんだよ」

「はぁい……」

英語の宿題はテキトーにでっちあげておけばいいとして、問題はバスケ部の目標シートだ。今年から男子バスケ部の顧問になった先生の唐突な発案で、女子バスケ部のメンバーも一緒にやることになった。三年生が七月に引退し、わたしたち二年生の中から部長が選ばれ新チームが発足して二ヶ月ほど経つ。こんな中途半端な時期にすることになったのはたぶん、一流アスリートが学生時代に目標や夢をノートに書きつけていたみたいな内容のドキュメンタリー番組に先生が感化されただけだと思う。

目標シートは『月単位の目標』『来年の目標』『二・三・四・五・十年後の目標』を設定し、それらの目標を達成するために必要と思われる日々の行動を記入して部員全員で共有するという、大変素晴らしい試みのために行う。素晴らし過ぎて、わたしには荷が重い。

というか、面倒くさい。そんな先のこと知らない。

「全員分の目標シートをコピーして配るって言ってたよ。ウミのだけなかったら恥ずかしいでしょ」

「男子だけでやればいいのに……。ていうか、なんで全員に見せなきゃいけないのか」

「人の目がないと、サボっちゃうからじゃない」

エナにそう言われると、目標シートはたしかに有意義なものに思えた。

九月に入り、空はあっという間に暗くなる。まだ校内の廊下は消灯されていないものの薄暗く、人の気配がなくて不気味だ。でも同時に、不思議な高揚も感じる。

薄暗い廊下から、男子二人組が現われた。

「よう、凸凹《でこぼこ》コンビ。漫才の打ち合わせか？」

「うるさいぞ、チャラ男」

話し掛けてきたチャラい方の男子に、エナが応戦する。

田口総士《たぐちそうし》くんはわたしよりも背が高く、顔が少しばかり整っているものだから、女子にやたらモテる。部活ではテキトー感満載で乙女心に対する理解が髪の毛一本ほどもないように見えるけど、クラスではそれなりに紳士なのだ。わたしとエナは、クラスメイトでもある彼の振るまいを見るにつけ、「ありゃ二重人格だ」と面白がっている。

「ウミ、目標シート書いた？」

総士くんがにやにやしながら訊ねてくる。

「ううん、まだ」

「だよな！　よかった同志がいて」

「今日中に書くけどね。わたしもテキトーなところはあるけど、なんだかんだ提出期限は守るから。一緒にしないでね」

「ちぇっ。バスケ部の女子はかわいげがない……」

総士くんには彼女がいる。同じ学校の生徒ではない。どんな手を使ったのかは知らないけど、練習試合で対戦した相手校のマネージャーを落としてしまったのである。

「めんどくせぇから、彼女との幸せ家族計画でも書いて提出しよっかな！」

こんな男で本当にいいのか、彼女さんは……。

呑気《のんき》に笑う総士くんの横で、

「くだらないこと言ってないで、早く帰ろうよ。今日はテレビでサッカーやるのに」

と岩瀬京介《いわせきょうすけ》くんが口を開いた。

彼の背はエナよりも少し高いくらいで、男子としては小柄だ。短髪で全体的にあっさりとした顔つきだが、切れ長の目には目力がある。普段から物静かで、バスケへの情熱は人一倍だ。去年まで結構本格的にピアノを習っていたらしく、彼の品の良さはそこからきているのではないかとエナと常々話している。彼だけ、わたしたちとはクラスが違う。

「総士、サッカー日本代表になるような人たちは、目標シートとか練習日記とか、真面目に書いてる人が多いと思うよ。見習ったら」

エナがからかうような視線を総士くんに送る。

「日本代表レヴェルを俺に求めないでくれ」

総士くん、別に日本代表レベルじゃなくても、そこら辺真面目に頑張ってる人はたくさんいると思うよ。なんて、わたしが言えた義理ではないけど。

エナと総士くんがいつも通り、なんやかんや言い合いをしているのをなんとなく眺《なが》めていると、京介くんに声を掛けられた。

「このあいだ貸してもらったネタ見せ番組、面白かったよ。見逃しちゃって録画もしてなかったからどうしようかと思ってたんだ。ありがとう」

「どういたしまして。京介くんはどのコンビが好きなんだっけ？」

「『年金ミバライ』だね。今一番熱いコンビだと思う」

「わたしも好き！　おばあちゃんから貰ったお小遣いで年金を納付する件《くだり》が哀し過ぎて笑えた」

京介くんは、嬉しそうに微笑《ほほえ》んだ。

「ウミも目標シートちゃんと書かないと、そういう哀しい目にあうかもしれないよ」

総士くんとの言い合いにも飽きたのか、エナは急にこちらを向き、明るい声で怖いことを言った。

夜風が冷たいとまではいかないけど、半袖で過ごすと風邪をひいてしまうかもしれないくらいには肌寒い。

部活の帰りはいつも、エナと一緒だ。お互いの家が近く、通り道がほぼ一緒なのだ。

「ねぇ、沢木《さわき》くんと森見《もりみ》さん、付き合ってるみたいだよ。ウミ知ってた？」

「ウソ！　二人でしゃべってるとこ見たことないよ」

エナとの帰り道は、大抵恋愛話になる。気楽な立場で他人の恋について云々《うんぬん》するのはなんと楽しいことだろう。

「学校で付き合ってることおおっぴらにする人って、あんまりいないよ。でも見てたらなんとなくわかるというか。ウミは気づかなかった？」

「全然」

恋愛話といっても、わたしはエナの話を聞いてなにかしらのリアクションをとるだけだ。わたしからすれば、ワイドショーを見ている感じに近い。

「ウミは鈍《にぶ》いからね。ぼけっとしてるというべきか」

「失礼な！　エッジの効いた女だよわたしは」

「エッジって……意味わかってる？　どこかで聞いたことがあるだけでしょ、それ」

エナはにやにやしながら、こちらを見上げる。

たしかに、好きな歌詞のフレーズをなんとなく覚えていただけだ。こうも図星だと、なんだか悔しい。

「ウミは、誰か気になってる人はいないの？」

「別にいないなー」

「うーん、もうちょっと色気のある話がしたいんだけど」

「わたしはね、白馬に乗った王子様に、『初めて会ったときからあなたのことが好きでした』って言われたいの」

わたしはテキトーなパントマイムで、白馬に乗った王子様をやってみせる。

毎日こんな調子だから、帰りは登校の倍は時間がかかる。

「京介は、ウミのこと気になってると思うよ」

エナは急に、思わぬ話を振ってきた。

「なっ……なにそれ急に？」

「総士も、同じこと言ってたよ。京介はウミに気があるんじゃないかって」

「そうかなあ……」

「まぁ京介も、感情を表に出すタイプじゃないけどさあ」

エナは肩を竦《すく》めた。彼女の言っていることが、いまいちピンとこない。

小学校に入った辺りから、わたしの背はぐんぐん伸びた。高学年の頃には男子含め、クラスで一番背が高かった。そんなこともあって、わたしは今まで女の子扱いを受けた記憶がほぼない。

「わたしみたいな女、気になるなんてあるのかな……」

「あのねぇ」

エナはため息交じりに言う。

「ウミ、今身長一七〇でしょ」

「一六九！」

「まぁなんでもいいけどさ。これから先年齢を重ねていけば、同年代の男子たちはウミの身長を超えてくよ。ウミは自分の身長のこと気にし過ぎなんだよ」

たしかに、中学二年生となった今、わたしより背の高い男子はそこまで珍しい存在ではなくなった。でもそれはつい最近の話であって、長年にわたって積み重なったコンプレックスは、そう簡単に解消されるわけじゃない。

「わたしは、ウミの身長が羨《うらや》ましくて仕方がないよ。バスケやる上で、高身長は武器でしかないんだから。ＮＢＡなんか、二メートル超えの怪物たちのフィジカル祭りじゃない。身長が思うように伸びなくて悩む人だっているんだよ」

「……わたしって、贅沢《ぜいたく》かな？」

「そうは言ってない」

エナと別れる十字路が近づいてきた。エナは左に曲がり、わたしは直進する。会話が盛り上がった日は、十字路でちょっと立ち話をすることも少なくない。あまりにもおしゃべりが長くなり、帰りが遅くなって親に叱《しか》られたこともある。

「もし、京介くんがわたしのことを好きだとして……わたしはどうすればいい？」

「ウミがなにかすることはないでしょ。いつも通りでいい。京介がなにかするまではね」

わたしは「うん、そうだね」と一人言のように呟《つぶや》いた。

エナと別れて帰宅すると、いつも通りご飯を食べて、自分の部屋のベッドで横になった。このまま眠ってしまうと宿題も目標シートも手をつけてないのでまずいけど、すぐに取りかかる気になれなかった。最近の京介くんの様子を思い起こしてみる。果たしてわたしのことが気になっているのか、やっぱりわからない。

五年や十年後よりも、明日自分がいつも通り過ごせるかどうかの方が心配だ。


「最近、校内で貴重品の盗難・紛失が相次いでいます」

朝のホームルームはなんと気怠《けだる》いことか。これから、十五時過ぎまで授業が続くなんて考えただけでうんざりだ。

「特に報告が多く上がるのは、教室移動の前後だ。貴重品は必ず先生に預けること。そもそも、盗《と》られて困るような高価なもの、大事なものは学校に持ち込まないというのが大前提だけどな。今日から巡回を強化して教員が複数で校内を見回るから、休み時間に漫画なんか読んでたら没収されるぞ」

クラスのあちこちから、不平不満の声が上がる。

「ありがたいと思え、先生はちゃんと警告したからな。これでなにか没収される奴はアホだぞ。もし盗難の事実が現行犯で発覚した場合、警察に通報することになる。例外はなし。そうなった場合、自分の人生がどうなるか……わかるよな。朝のホームルームは以上」

担任が教室から出ていくと、同級生たちは思い思いにしゃべりだし、教室は賑《にぎ》やかになった。でも、あんまりのんびりはしていられない。今日の一時間目は体育だ。男子は教室に残って着替えるけど、女子は体育館にある更衣室まで行かなければいけない。

一時間目から体育はつらいと感じる人がいるみたいだけど、わたしはむしろありがたいと思っている。適度に運動して血の巡《めぐ》りをよくした方が、その日一日を快適に過ごせるような気がする。一時間目から数学だったら、十分で夢の世界行きだ。

体育館に行こうかと腰を上げかけたところで、部活以外では紳士で通っている男が近づいてきた。

「ウミ、目標シート書けた？」

「一応、ね。バスケに関する目標は真面目に書いたけど、五年後十年後どうなっていたいかみたいなところは深い意味のない妄想で埋めた」

「まぁ、一度書いた目標を絶対に達成しなきゃいけないってわけでもないしな。目標に縛《しば》られて身動きとれなくなったら元も子もないし。未来を目指しているつもりが、目標を立てた時点の過去にとらわれてしまうなんて――」

「総士くん、目標シート書いてないでしょ」

「お、おう」

「部活まで時間あるんだから、休み時間なり数学の時間なり使って、埋めておいた方がいいよ」

忠告はした。もうどうなろうとわたしは知らない。

「ウミ、こんなのに構ってないで早く行こ」

後ろから声を掛けられて振り返ると、エナが立っていた。

「総士、体育は今日からしばらくバスケだけど、あんま気合い入れてプレイしないでよね。そういうの見ててイタいから」

「わかってるさ、そんくらい」

変に澄まして捨て台詞《ぜりふ》を残し、総士くんは自分の席へ戻っていった。

「エナ、ウミ、まだー?」

ドアのところで待っているクラスの友達に急《せ》かされる。

いつの間にか、教室に残っている女子はわたしとエナだけになっていた。

「今行くー」

わたしはそう言って、あわてて立ち上がった。

「シュート打っていいよ！ 習った通りバックボードに当てて！」

フロントコートまではわたしがボールを運ぶ。ディフェンスはわたしが持っているボールにしか関心がないから、ちょっと待つだけで簡単にフリーの選手をつくれる。そこからはなるべく全員がシュートできるようパスを配球する。パスを受けて、シュートしてゴールできれば、よほどのひねくれ者じゃない限りいい気分になる。ちょっとドリブルでも挟めればなおいい。わたしが授業で審判をやるときは、トラベリングの反則はかなり大目に見ることにしている。ダブルドリブルは笛を吹くけど。

わたしがパスを出した伊藤さんは、ゴールの右下から「シュート」というよりは「放り投げる」といった感じで、バックボード上の俗に言うサポートエリアの角にボールをぶつけた。

ボールは上手《うま》いこと跳ね返ってリングを通過した。

「ナイッシュー！」

伊藤さんに向かって、ちょっとオーバーにサムズアップしてみせる。

「あ、ありがと」

伊藤さんは照れくさそうに小さく手を上げた。

偶然でもなんでも一試合で二、三回シュートが成功すれば、それ以降は自分から積極的にゴールを狙うようになる。わたしだって、選手全員がゴールに向かうチームでプレイする方が楽しい。

相手チームのスローインからゲーム再開になる。無理してスティールやシュートブロックは狙わない。相手チームにはエナがいるので、成り行きに任せて頃合いになったらリバウンドを取りにいく。観るにしてもやるにしても、初心者が熱狂するのはハイスコアゲームだ。これはなにもバスケに限った話じゃない。

バスケ人気の向上に一役買おうなんて大それた考えはない。でも、周りの人に、わたしが大好きなバスケットボールという競技に少しでも関心を持ってもらいたい。少なくとも、嫌いにはなって欲しくないと思いながら授業中はプレイしている。

でもそれは、試合終了三十秒前までの話。ラスト三十秒は、自分のためだけにプレイすることにしている。それぐらいは許されてもいいはずだ。

相手チームのパスをカットしてフロントコートまで一直線にドリブルする。

速攻なのでディフェンスの枚数は当然足りていないけど、わたしが狙うのはゴール下まで走り込むレイアップシュートではない。

全身のバランスを保ちながら左足、右足の順に「1《ワン》、2《ツー》」のリズムで踏み込み、スリーポイントラインの手前でシュート体勢に入る。

ここで硬くなってはいけない。ボールの軌道をイメージして脱力する。六・七五メートル先のゴールを見据え、踏み込みのときに曲げた両膝を少しずつ伸ばして下半身からの力を上半身へ連動させながら跳ぶ。

肘を上げる。ボールに指をしっかりかけ、両手首を返しながらリリース。

軌道はイメージ通り。バックスピンもしっかりかかった。

高い弧を描いてゴールへ向かうボールを、コート上の選手みんなが見送る。

「入った」

わたしは呟いた。もしかしたら、少しにやけていたかもしれない。入るかどうかは、ボールが手から離れた瞬間、なんとなくわかる。

乾いた音とともに、ボールがネットを通過した。

「イェーイ！」

右手を振り上げガッツポーズ。同時に試合終了の笛が鳴り、味方だけじゃなく、相手や見学にまわっているチームからも歓声が湧く。

ボールがバックボードにもリングにも触れずに、ネットを通過する「スウィッシュ」。まだ十四年しか生きていないけど、わたしはこれ以上の快感を知らない。

「部活でも見たことねえぞ、そんな完璧なシュート！」

体育館を二分する緑色のネットの向こう側では、男子がバスケをしている。そこから総士くんが茶化してきたのだ。

「なにサボってんの総士くん」

「こっちもラストプレイなんだよ」

試合はちょうど、谷村《たにむら》くんがシュートを打つところだった。ワンハンドで打ってはいるけど、左手の位置が悪くボールに余計な力が加わってしまっている。ブザービーターとはならなかった。

「総士くん、シュートの練習もっとしたら？　断言してもいいけど、わたしの方が成功率高いし」

「言ったな！　どっちがシュート入るか勝負だ、女子だからって手加減しないからな」

思いの外《ほか》シュートが上手く決まって興奮していたからか、わたしの口調も荒っぽくなってしまった。

ふざけて煽《あお》り合っていると、誰かがわたしの背中をポンと叩いた。

「その辺にしときなよ」

振り返ると、エナだった。心配そうにわたしのことを見上げている。

我に返って、周りを見回してみると、さっきと空気が違う。全員からではないけど、なんだか冷ややかな視線を感じる。

「わたしらはアホの総士と毎日接してるから麻痺《まひ》してるけど、あいつはクラス一、いや学校で一番女子に人気かもしれないんだよ。信じがたいことではあるけども」

そういえばそうだった。彼がアホな人間であるということはバスケ部員の間では周知の事実だけど、基本的に彼は紳士で通っている。教室でエナやわたしと親しげに会話することはもちろんあるけど、同じ部活だし会話ぐらいするだろうということで、嫉妬《しっと》の対象になることはなかった。

でも、自分で言うのはなんだけど、端《はた》から見ると今の状況はちょっと劇的だ。総士くんはわたしがシュートの体勢に入るところがたまたま目に入ったから見ていただけで、他意なんてあるはずもない。だけど、周りはもっと特別な意味をわたしのシュートに後付けしてしまったらしい。

なんだか一気に白《しら》けた空気になってしまったけど、一番白けていたのはわたしだと思う。あれだけ気を遣ってプレイして、最後にスリーポイントを決めて場を盛り上げたのに、ちょっとばかり見た目のいい部活仲間の男子とふざけ合ったらこれだ。

バスケに関心を持って欲しいとか好きになってもらいたいとか、そういう風に思っていたのが急に馬鹿らしくなった。

教室に戻ったら、総士くんがわたしの机の前に立っていた。珍しくシュンとした様子で「ごめん」と言って、その場を去る。

ほとぼりが冷めるまで、教室では総士くんとあまり話さない方がいいだろう。なんとも理不尽で不愉快な気分になるが、これ以上無用な波風を立てたくない。

総士くんが他校の女子と付き合っていることを知っているのは、わたしやエナ、京介くんを含むバスケ部員の一部だけだ。彼の性格なら彼女の存在を地の果てまで喧伝《けんでん》しそうに思えるけど、「それでイジられるのは恥ずかしいから」という理由で秘密にされていた。

とっとと公言していればこんな面倒なことにならずに済んだのではないか。彼女がいることを秘密にしているのは、異性からチヤホヤされる立場を失いたくないからではないか。そんな考えが頭をよぎる自分に、心底嫌気が差す。

二時間目の授業が始まる前に、お手洗いに行こうと廊下に出たところで、京介くんに会った。

「ああ、ウミ」

「京介くん。お、おはよう……」

「朝練で会ってるけどね」

昨日の会話が頭をよぎる。エナからはいつも通りにしていればいいと言われたけど、難しい。いつも通りにするのが正解なら、京介くんがわたしに気があるなんて言わないで欲しかった。まあエナのことだから、いざというときわたしがパニックにならないよう教えてくれたのかもしれないけど……。

こうやって京介くんと話しても、別にわたしのことをどうこう想ってくれているような感じはしない。友達だとは思ってくれているだろうけど。

「ウミ、なにかあった？」

「え、なんで？」

「いや、なんか元気ないなって」

「わたし、そんなにわかりやすく落ち込んでるように見えるのか」

「そんな大げさなもんじゃないけど、毎日顔を合わすからなんとなくわかるというか……」

落ち込んでいるというよりは、やり場のない怒り。もしくは無責任な傍観者への軽蔑《けいべつ》。それとも、スウィッシュを決めて有頂天になっていた自分に対する羞恥《しゅうち》だろうか。結局よくわからない。

「そんな大した話じゃないんだけどさ」

本当に大した話じゃない。さっきの体育館の空気は、くだらないの一言だ。

「今度また話す。本当に全然、心配しなくていいから。話聞いたら、そんなことで不機嫌になってたのかよってなるよ、きっと」

「どんな話でも、笑ったりしないから。とにかく、あまり思い詰めちゃだめだよ」

「うん、ありがとう」

京介くんの心遣いで、ささくれだった気持ちが少し穏やかになった。


教室に戻ると総士くんは普段通り、前方の席で何人かを巻き込みおしゃべりしていた。

彼と席が離れていてよかった。もし総士くんと席が隣同士だったりしたら、少なくとも今日一日は変な空気が継続してしまうに違いない。ああやって彼が、普段通り分け隔《へだ》てなくコミュニケーションをとっていれば、わたしに冷ややかな視線を浴びせた女子たちのガス抜きになるだろう。体育館での出来事は、誰にとってもどうでもいいものになる。

二時間目は社会だ。

教科書とノートを出そうと机の中に手を入れると、なにか薄い紙のようなものの感触があった。学校から配られるプリントはクリアファイルに入れているから違う。

まったく身に覚えのない紙を机から出す。若葉色の封筒だった。封をしている星のシールをちぎって封筒を開くと、紙が一枚、四つ折りの状態でぴったり収まっている。広げてみると、A4のコピー用紙だ。なにやら文章が書かれている。

「授業始まるぞ、席につけー」

読もうと思ったところで、先生が教室に入ってきた。わたしはあわてて手紙を机の中へ突っ込む。ほとんどチラッと見ただけだが、目にとびこんだフレーズが強烈な印象を残した。

『好きです』

たしかにそう、書かれていた。

学校で一人きりになるのは案外難しい。かといって、トイレに籠もって読むのもイヤだ。授業中も部活の間も、手紙のことで頭がいっぱいだった。

家に帰り、手紙を何度も読んだ。何度読んでも、手紙の内容はラブレターのそれだった。今時、ラブレターなんてものを現実に目にするなんて思ってもみなかった。しかも、こんなロマンチックなものが、まさか自分の机の中に入っていようとは……。でも、わたしはなかなか甘酸っぱい気持ちには浸《ひた》れずにいた。わたしがラブレターを貰う、それだけでもおかしな話だけど、おかしなことは他にもいくつかあった。

一番の謎は「誰がこの手紙を書いたのか」だ。差出人の名前は、手紙にも封筒にも書かれていなかった。気味が悪い、と言ってもいい。

とにかく、この手紙を自分の中でどう受け止めればいいのかまったく見当がつかない。

誰かに相談しようか。誰がいいだろう。

まずエナのことが頭に浮かんだ。親身になってくれるだろうし、めちゃくちゃ心配されるに違いない。気持ちはありがたいけど、エナにあまり負担をかけたくないし、必要以上に事を大きくしたくない。

クラスで仲の良い友達？　いや、絶対内緒にしてと言っても、それは不可能だろう。今日体育館であんなことがあって、その後すぐ机の中にラブレターがあったなんて話が広まったら、わたしはクラスでの立場を完全に失ってしまうかもしれない。

バスケ部の友人に相談するのも気乗りしない。エナに話さないことを、他の部員に相談するのはなにか違う。わたしの一番の友達は、エナなのだ。

できるなら、わたしの日常からは距離がありながらも、ある程度信用することができて、頭が切れる人に相談したい。そんな都合のいい人いるわけないか……そう思って諦《あきら》めかけたとき、わたしの頭の中で一人の男子がピックアップされた。

『鳥飼《とりかい》歩』

随分長いこと会っていないけど、小学校に入るまではよく遊んだ。子ども心に、変わった子だと感じていた。頭の回転の速さは大人顔負けで、何度か彼の母やわたしの母を驚愕《きょうがく》させていた記憶がある。当時よく遊んだ『桃鉄』では冷徹に最善手を打ち続け、何度もわたしに大借金を負わせた。今思えばひどい話だ。わたしは、ルールすらきちんと把握《はあく》していなかったというのに。

きわめつけは、小学四年生のとき母から聞いた武勇伝。彼は、自由研究の工作を壊した犯人にされかけたことがあるらしい。わたしがそんな目にあえば、きっと絶望して人間不信になる。しかし、彼はその状況から推理のみで真犯人を見つけ出し、自ら疑いを晴らしたというのだ。本当ならとんでもない九歳だ。

彼に相談してみてもいいんじゃないか。とりあえず、連絡だけでも取ってみたい。久しぶりではあるけれど、わたしのことを忘れていたり、嫌いだったりすることはないはずだ、たぶん。

彼は当時から携帯電話を持っていたので、番号は覚えている。どういう流れだったかは忘れてしまったけど、彼は自分の番号を語呂合わせで教えてくれたのだ。

『くるしいしごと』

なんと哀しい語呂合わせか……。頭の三桁《けた》は忘れてしまったけど、数種類しかないのだから順番に試してみればいい。番号が変わっていなければ、繋《つな》がるはずだ。

授業も部活もない土曜日のよく晴れた昼下がり、鳥飼歩の家を訪ねることになった。

彼は札幌市中央区の西側、宮《みや》の森《もり》に住んでいる。宮の森はわたしの住む西区からもそう遠くなく、お金持ちが住む場所として知られていて、センスの良いカフェや洋菓子店、レストランなどが多い。庶民かつ中学生のわたしには、ちょっと気《き》後《おく》れする地域だ。その宮の森の中、札幌冬季オリンピックでも使われたジャンプ競技場のある大倉山《おおくらやま》の丘《きゆう》陵《りよう》地に、彼の家はある。

市営地下鉄東西線の円山公園《まるやまこうえん》駅で降り、まずは円山公園を目指す。円山公園は、神社や動物園、球場や陸上競技場などを備えた広大な敷地面積を誇る自然豊かな憩《いこ》いの場だ。北海道神宮へ初詣に行ってインフルエンザになったり、円山動物園のヤギにしつこく構われて軽くトラウマになったりした思い出がある。結構ひどい目にあっているものの、わたしはこの場所に好感をもっている。街に突如出現した自然といった感じで、なんだか素敵ではないか。

円山公園を西へ向かって横断する。左手に見える円山原始林が生み出す柔《やわ》らかな木陰と新鮮な空気が心地いい。夏の盛《さか》りはとっくに過ぎて、家を出たときはちょっと肌寒いなと思ったけど、これからひたすら坂道を上り続けることを考えればちょうどいい気温だ。広場からは、アコーディオンとギター、名称不明のアフリカっぽい太鼓《たいこ》で構成されたトリオが演奏するノスタルジックな音楽が、秋風に乗ってやってくる。聞いたことのある曲だけど、いざ調べてみようと思ったときには、きっとメロディーを忘れている。円山動物園へ向かう親子連れやカップル、坂道をジョギングする人たち、散歩に連れ出された上品そうな犬、公園は休日を楽しむのどかな空気にあふれていた。

円山公園を抜け、わたしはまず洋菓子店へ向かう。昨日、彼が甘いものに目がないことを思い出し、彼の家周辺を地図アプリで調べてみると『カカオ10g』というお店を見つけた。わたしの知っている彼はわがままを言って大人を困らせるような子ではなかったけど、昼食の時間になりお腹がすくと「ご飯はいいからケーキが食べたい」と頑《かたく》なに主張していた。

　今でもそこまでの情熱を洋菓子に傾けているかどうかはわからないけど、よほどのことでもない限り嫌いにはなっていないだろう。

　お店は一軒家を改装して営業しているようで、こういうところに一人で入るのはなんだか気後れする。でも、ここまで来るのに坂道を四十分ほど上ってきたのだ。思い切って、中に入る。

　中に入ると、お客さんは誰もいなかった。奥の厨房《ちゅうぼう》に人影が見えるだけだ。さらに気まずい。普段部活で大声を出すのは慣れているけど、お店の人を呼ぶのは苦手だ。思い切って呼んで、声が上ずって、店員さんに気がついてもらえないかもと想像するだけで憂鬱《ゆううつ》になる。でも、考えようによってはこの状況はわたしにとって有利だ。店員と差し向かいになることなく、ゆっくりと洋菓子を選ぶことができる。買うものが決まったところでタイミングよく、わたしのことに気づいて欲しい。

　こぢんまりとしたショーケースには、かわいらしい洋菓子がお行儀良く並んでいる。値段も、わたしのお小遣いでなんとかできそうな範囲だ。シュークリームにエクレール、和栗のモンブランにショコラオランジュ……全部食べたいけど、さすがにそれでは破産してしまう。それに、目的を見失ってはいけない。わたしは彼への手土産《てみやげ》（報酬？）を買いにここへ来たのだ。

さんざん迷った挙げ句、わたしの好きなチョコ系の中からショコラオランジュを買うことにした。チョコレートケーキの上にオレンジピールがちょこんとあしらわれていて、とってもかわいい。あと一つは、無難に苺《いちご》のショートケーキに決めた。まさか、どちらも彼のお気に召さないということはないだろう。奥の厨房に向かって「すみません」と言って店員さんを呼び、ケーキを買った。お店を出るときに「お待たせしてしまい申し訳ありませんでした」と言われて、少し恐縮した。

「そうそう、こんな感じの家だった」

久しぶりに彼の家を見て、懐かしい気持ちになる。

山を切り拓《ひら》いてつくられたこの一帯の住宅地はお金持ちが住むところで、わたしが住んでいるところとは少しばかり毛色が違う。横幅が車二、三台分ほどある車庫やガレージがあり、暖炉《だんろ》の燃料と思われる薪《まき》が積まれている、デザインにこだわりを感じる家々が並ぶなか、彼の家はそれほど大きくはない。クリーム色の外壁にお洒落《しゃれ》な洋風の格子窓のメルヘンチックなお家《うち》だ。ふかふかとした芝生に、等間隔に置かれた長方形の敷石が正面玄関まで続いている。碧眼《へきがん》の少女でも住んでいそうな感じだけど、実際なかにいるのは理屈っぼくて偏屈《へんくつ》な、大人から見ればクソ生意気に映るであろう日本人の少年だ。

門扉の横にあったインターホンを、恐る恐る押す。少し間を置いて、

「……海砂真史か？」

ぶっきらぼうな声が返ってきた。声は当時の記憶より低くなっているものの、インターホンの向こう側にいるのは鳥飼歩だとすぐにわかった。

「はい。その……歩、だよね？」

「入れ」

きちんと敷石を踏んで玄関まで進み、赤みがかったブラウンの木製ドアを開けると、鳥飼歩が立っていた。記憶よりもだいぶ大人びている。背は一目見てわたしより低いとわかるくらい。睫毛《まつげ》は相変わらず長い。髪も大分長いけど、面倒くさいから伸ばしっぱなしという感じではない。視力が落ちたのか、彼はお洒落なアパレル店員が愛用してそうな丸メガネをかけていた。正直、もっと似合うメガネがあるのではと思うけど、口には出さない。

立ち話の後、

「ケーキは生モノだ、一刻も早く冷蔵庫に入れるぞ！　コーヒーを淹《い》れるからダイニングで待ってろ」

そう言って彼は、わたしからケーキの入った箱をほとんどひったくるようにして掠《かす》め取った。

昔とあまり変わっていないように思えた。

ダイニングに通されて、ダメージ加工の施された一枚板の野性味あふれるダイニングテーブルにつく。ほどなくして、歩が二人分のコーヒーとケーキをトレーにのせてやってきた。彼はなにも言わずに、ショートケーキを自分の席に置く。

よし！　わたしはショコラオランジュが食べたかったので、幸先のいい展開だ。悟られないよう澄まし顔でケーキとコーヒーを目の前に引き寄せて、一口目を口に運ぶ。

「美味《おい》しい」

自然に声が出た。コンビニで買う洋菓子も嫌いじゃないけど、それらとはまったく違う味わいだ。

「思ってたよりもオレンジ感がある。さわやか」

「ガナッシュにもオレンジピールが含まれているんだ。グラサージュショコラのビターな味わい、ガナッシュの甘み、オレンジピールの酸味、チョコスポンジのふわふわとした食感……素晴らしく調和がとれているだろ。洋菓子は一つの『作品』なんだ。作り手の美意識とバランス感覚を楽しむのが醍醐味《だいごみ》さ。ただ甘けりゃいいというのなら、砂糖でも舐《な》めてればいいわけだからな」

そうそう、こういう奴だった。気が向けば際限なく語りだし、そうでなければ誰がいようと二時間でも三時間でも黙りこくる。

「ショートケーキはどう？　おいしい？」

返事はなかった。彼の気分はエベレストの天気並みに変動が激しい。今はケーキを食べるのに集中しているようだ。ショコラオランジュの解説で気が済んだのか知らないけど、もうお互い幼児ではないのだ。もう少しコミュニケーションというものに気を配ってもいいのではないか。

結局それからケーキを食べ終えるまでの間、わたしたちに会話はなかった。

「あの、これなんだけど」

わたしは、若葉色の封筒をダイニングテーブルに置いた。

「不幸の手紙でもまわってきたのか？」

昨日電話で話したとき「用向きの説明は明日にしてくれ」と言われたので、彼はまだ事情を把握していない。

「ラブレター……なんだけど」

改めて口にしてみると、なんとも気恥ずかしい。

「ふうん」

特に関心もなさそうに封筒をチラリと見て、

「まさか、恋愛相談でもするんじゃないだろうな」

「そんなことするわけないでしょ！」

「だよな。万が一そうだったら、病院を紹介しようと思ったんだ」

彼のイヤミにいちいち付き合うつもりはない。わたしは封筒を開き、中に入っているA4用紙を彼に見えるように広げた。

彼は表情一つ変えず、十字についた折り目を伸ばして文章に目を走らせる。

＊

突然のお手紙、お許しください。

この気持ちをあなたにどう表わせばよいのか、とても悩みました。考えた結果、手紙を書くことにしました。こんなものをいきなり送りつけられたら迷惑だということはわかっています。でも、わたしにはこの方法しか思い浮かびませんでした。ごめんなさい。不快だったら、この手紙は捨ててください。

いざ手紙を書こうと思っても、難しいものですね。書きたいことはたくさんあるのですが、それを全部書いてしまうと、かえって気持ちが伝わりにくくなってしまうのではないかと心配になるのです。もうかれこれ三時間くらい書いたり消したりを繰り返しています。

飾り立てた文章で気持ちを伝えるのは無理だとわかったので、もうストレートに書いてしまいます。

あなたのことが好きです。

好きなところはたくさんあります。明るくて優しくて、とてもまっすぐで……だからこそ傷つきやすいところもあるので、そこは心配に思ってしまいます。変なところで臆病なのも、なんだかかわいいです。

背が高くて、すらっとしていて、運動神経も抜群でバスケがものすごく上手くて……憧れています。

あなたがシュートを打つ姿はとても綺麗で、つい見とれてしまいます。真似してはみるのですが、なかなか上手くいきません。

あまり長くなってはいけないので、この辺にしておきます。

この手紙を読んで、あなたになにかして欲しいわけではありません。ただ……どうしても、書かずにはいられなかったのです。

いつまでも、そのままのあなたでいてください。

＊

彼は手紙から顔を上げ、コーヒーに口をつけた。わたしも、大分冷めたコーヒーに口をつける。二人して、空《から》になったコーヒーカップをしばらく眺めた。なんとも言えない間があく。

「真史、バスケものすごく上手いんだな」

「上手いっていうか、一応バスケ部だけど」

「でかいもんな。バスケやったらそりゃ有利だ。良い選択じゃないか。ポジションはどこだ」

「それ、今訊《き》かなきゃいけないことなの？」

「いや、別に。ただのコミュニケーション」

さっきわたしがショートケーキについて訊いたときは無視したくせに！　自分がしゃべりたいことだけしゃべったり気になることだけ訊いたりするのは、コミュニケーションとは言わない。ただ、そんなことで言い合いになるのは時間の無駄なので黙っておく。

「まぁ、一読して最初に思ったのはだな、どうしてこの手紙は手書きじゃないんだ？」

「やっぱり変だよね」

見る限りこの手紙は、パソコンで作成した文書をA4のコピー用紙に出力したもののようだ。

「普通こういうのは手書きであるべきなんじゃないか。履歴書をパソコンで作成するのがスタンダードな世の中がきたとしても、ラブレターは手書きだよ。合理性と引き替えに得るものは、ロマンでなくてはいけない。貰う側だって手書きの方がいいに決まってる。僕がもし学校に行ってて、自分の靴箱にでも入ってるラブレターの文字が明朝体だったら怖いな」

「歩、学校行ってないの？」

驚いて思わず声を上げてしまう。いや、変な奴だし学校生活になじめないだろうけど、それを気に病むタイプにも見えない。仮にいじめられたって、智略の限りを尽くしていじめっ子を不登校にしてしまいそうな感じすらある。

「珍しいことじゃないだろ。真史のクラスにも一人くらいいるはずだ、学校に来ない奴」

「そりゃまぁそうだけど……。なにかあったの？」

「なにもないから行ってないんだ、僕は。中学校レベルの学問をわざわざ教師から教わる必要なんてないし、同級生との生活で得るものもないからな」

「いつから学校に——」

「それ、今訊かなきゃいけないことか？」

「……ううん、ごめん」

やり返されてしまった。たしかに、わたしが彼のプライベートをあれこれ訊ねる権利なんてない。

「話を戻すぞ。このラブレター、印刷というのもおかしいが、もっとおかしいことがあるよな」

彼は、若葉色の封筒を手に取って表裏を確認する。

「差出人の名前がどこにもない」

「わたしが気になるのはそこ。この手紙は誰が書いたのか……歩にも考えて欲しい」

彼はあからさまに呆《あき》れ顔をつくり、ため息をついた。

「あのなぁ。誰と言われても、僕は真史の交友関係なんて何一つ知らないわけだが。たしかに、ラブレターというのは実にデリケートなものだ。交友関係の枠外にいる人間に相談するというのはスマートな手段と言えなくもないが……」

「やるだけやってみて。わからなかったらそれはそれでいいから」

彼は右肘をテーブルにつき、掌《てのひら》を口元に当てた。考えごとをするときのクセだ。昔から変わっていない。

「……ケーキ貰ったしな」

彼は小さな声で呟いた。

「まず、真史が感じたことを言ってみろ。なにか、とっかかりが欲しい」

　歩は、新しく淹れたコーヒーに角砂糖を三つ入れた。さっきはブラックで飲んでいたのに。ケーキに加えてさらに糖分を摂って、頭の回転をよくしようということなのだろうか。わたしは一杯目と同じように、角砂糖一つにミルクを入れた。

お互い二、三口飲んだところで、わたしは自分の考えを彼に伝えた。

　わたしの考え、その一。

「イタズラなんじゃないかなって……。正直、わたしがラブレターを貰うなんて信じられないし」

「好きでもない奴にラブレターを送るなんて、なかなか質《たち》が悪い。そんなことをする奴は、よほど真史のことが嫌いなんだろうな。だが、考えてもみろ。その手のイタズラは、貰った側の醜態を嘲笑《あざわら》うことが目的だ。真史が差出人に対してなにかしらアクションを起こしたり、アクションを起こせずに悶々《もんもん》と苦しむ様を引き出せなくては面白くない。真史は僕に相談したが、こんな差出人もわからない怪文書、ゴミ箱に捨てて終わりにする奴だっているだろう。イタズラにしては、効果が薄いな」

　たしかに、わたしにダメージを与えるのが目的なら、もっとやりようはありそうだ。実際、この手紙を貰って困惑はしたけど、それ以上のことはない。

「じゃあさ」

わたしの考え、その二。

「とりあえず本当にラブレターだとしてさ。手書きじゃないのはどうしてかな？　これは下書きで、手書きで清書したものが別にあるっていうのはどう？　あれこれ修正しながら文章を書くなら、パソコンの方が楽でしょ。実際に封筒に入れるときに、手書きの清書ではなく印刷した下書きを間違えて入れてしまった。だから、清書の方には差出人の名前がちゃんと書かれている」

「下書きをわざわざ折る必要があるか？」

「ああ、そっか」

印刷した下書きと手書きの清書が文章を内側に四つ折りにされた状態で並んでいる。両者を取り違えるとしたらこの状況以外ないだろう。でも、実際に封筒に入れる必要があるのは手書きの清書だけだ。下書きを折る理由がない。

「折るときに下書きと清書を取り違えたってことは？」

「文面を一切見ずに折るなんてあり得ると思うか。少しでも文面が目に入れば、それは印刷された下書きだとわかる」

納得しかけて、違う考えが浮かぶ。

「紙が上手く封筒に収まるかどうか、下書きの方で試したのかも。清書に変な折り目つけたくないでしょ」

「試しに入れた下書きは入れっぱなしか？　馬鹿な。下書きを使ったテストが終わったら、それを抜いて清書を入れるだろ」

「同じ封筒が複数あればわかんないよ。下書きが封筒に入るか試してみて、清書をもう一つの封筒に入れる。見た目はまったく同じ」

「同じじゃないね」

彼は親戚の赤ん坊をあやすような笑みを浮かべた。

「封筒には封がしてあっただろう」

彼は封筒の裏をわたしに見せる。わたしによって半分にちぎられた星のシールが、封筒に封がされていたという事実を示している。

「当然下書きの入っている封筒にわざわざ封はしない」

シールを貼るだけの簡単な作業すら後回しにしてしまうような迂闊《うかつ》な奴であれば、しばらく見た目が同じ状態の封筒が二つ並ぶことになるかもしれない。だが、時間を置いてから封をするにしたって、その前に中身くらい確認するだろ。ラブレターとは、誰にとってもそう軽いものではないはずだ」

完全に否定されてしまった。彼に相談してみてよかったと思う反面、なんか悔しい。

「手書きの清書の存在が疑わしい理由はもう一つある。もしラブレターを書くことになったら、真史はどんな紙に書く？」

「どんなって……やっぱ便箋だよね。お洒落だったり、かわいいやつ」

「そうだよな。レターセットの場合は封筒に見合った便箋が一緒になっているし、封筒とは別個に便箋を求めるにしても、封筒に見合ったサイズ、デザインのものを選択するのが普通だ。

実際文具コーナーにでも行けばわかることだが、Ａ４の便箋なんてそうそうない。あったとしてもほとんどが事務用の便箋で、しかも五十枚、百枚単位だ。

一方、Ａ４の半分の大きさであるＡ５、まぁＢ５でもＢ６でもいいが、それらの便箋は種類が豊富で気分や用途に応じて選び放題、横二つ折りで洋形２号の封筒にぴったりと収まる。Ａ４の紙を四つ折りにして入れるよりもよほど綺麗にな」

彼の言わんとしていることがわかった。

「そもそも紙の大きさが違えば、下書きと清書を間違えようもない」

「そう、紙のサイズという観点から見ても、下書きと清書を取り違えるなんて考えにくいことなんだ。手紙は最初から一枚だけ、Ａ４に出力されたもののみ。印刷の手紙が入っていたのはミスじゃない。なにかしらの意図があると見るべきだ」

彼は一つ、咳払《せきばら》いをした。気分が乗ってたくさんしゃべったせいか、声が少し掠れている。

「あの……」

「なんだ？」

「ううん、やっぱりいい」

「言え。思いついたことはなんでも。重要なヒントは、あり得ないと思われることにこそ隠されているものだ」

「差出人の名前がないのは、ただ単に書き忘れ？」

彼は黙って立ち上がってキッチンへ行き、コップに水を注いだ。対面式のキッチンなので、彼の様子は窺《うかが》える。声が掠れたので、水を飲みたくなったのだろう。

「真史は、ラブレターの文章をどのくらい推敲《すいこう》する？」

「徹夜しちゃうと思う」

「好きな人に書く手紙なら、推敲に推敲を重ね、さらに推敲した結果、どうしようもなく恥ずかしい文書を作成してしまうものだよな。少なくとも、なんとなく一発書きしたものをそのまま封筒には入れない」

「なにそれ。実体験に基づく話？」

「ノーコメント」

彼は水を一息に飲み干す。

「自分の名前を書き忘れるなんて、間抜けが過ぎる。差出人は、敢《あ》えて自分の名前を書かなかったんだ。印刷なのも、おそらく同じ理由だろう」

「さっぱりわからないよ」

「真史に正体を明かすつもりがないってことさ。真史に想いを伝えずにはいられないが、正体を明かすことのできない、なにかしらの事情を抱えている人物。

さらに、ラブレターにもかかわらず筆跡すら残せないということは、真史は差出人の字を見たことがある、もしくは簡単に調べることができる人物だな」

「全然ピンとくる人いないなぁ……」

「なんの事情もわからない僕が読み解けるのは、この程度さ。ましてや真史の顔見知りの人物像をいちいち検証するなんて不可能だ。今度は機会の面から差出人に迫ってみるか。……いや、その前に」

「なに？」

「二つ、忠告させてくれ。一つ目、推論だけで全てを見通すことはできないということ。そんなことができるのなら、警察はいらないからな。二つ目、真実を知ることは、必ずしも問題の解決には繋がらないこと。それどころか、新たな問題を生み出してしまう可能性すら孕《はら》んでいる。世の中には、曖昧《あいまい》なままにしておいたり、知らないままでいた方がよかったりすることもある」

たしかに、彼の言う通りかもしれない。そう思う程度にはわたしも大人になっていた。

でも、誰が出したかもわからない不可解なラブレターのことを綺麗さっぱり忘れて普段通りの日常を送れるほど、わたしは切り替えが上手な人間ではない。

「知りたい」

彼は静かに頷《うなず》いた。

「とりあえず登校してからラブレターを貰うまでの出来事をできるだけ詳しく、関係ないと思われるようなことも省かずに教えてくれ」

彼が再び席につくのを待ち、昨日のことを話した。幸い、という言い方が正しいのかはわからないけど、ラブレターを見つけたのは二時間目が始まる前の休み時間だったので、話さなければいけないことはそう多くはない。体育の時間、スウィッシュの件も、恥ずかしいけど漏《も》れなく伝えた。

「なるほど、状況は理解できた」

彼は目を細めて言った。なんとなく、丸メガネの奥の瞳に光が宿った気がする。

「直感で構わない。真史の中で、自分にラブレターを出しそうな奴の心当たりはあるか」

「え！　そ、そんな急に……」

「その方が効率的だろ。まず直感でピンとくる人間が差出人である可能性が有るのか無いのか、はっきりさせよう」

京介くんの影がわたしの頭の中をよぎる。

京介くんはわたしのことが好きらしいと、エナは言っていた。ラブレターという手段も、考えようによっては真面目で奥ゆかしく、なんだか京介くんっぽく思えてくる。

「一人、いるかな……」

「そいつは、同じクラスか？」

「違うけど」

「じゃあ、そいつは候補から外せ。真史の机にラブレターを入れたのはクラスメイトだからな」

「どうして？　そうとは限らないじゃない」

「どうしてって、真史の机の中に入っていたからさ」

「それはちょっと雑じゃない？　わたしの机に入っていたからって、同じクラスの人が入れたとは限らないよ」

一時間目は体育で、教室に誰もいない時間はあった。

「校内で盗難が相次いで、教職員が複数で巡回してるんだろ？　このことは、全校生徒にとって周知の事実に決まっているし、教室移動のときは特に監視の目を光らせているはずだ。わざわざそんなタイミングで、他クラスの生徒がラブレターのために侵入するとは思えないな」

「でも、ずっと先生が張り付いているわけじゃない」

「だが、それはあまりにも不必要なリスクだ。一歩間違えば窃盗《せっとう》犯の濡《ぬ》れ衣《ぎぬ》を着せられる。大体、ラブレターを入れるのなら、もっと定番で人の目を避けやすい場所がある」

そう言われてピンときた。

「靴箱」

「僕は青春ラブストーリーに明るいわけじゃないが、ラブレターって大抵靴箱に入っているものじゃないか？　過剰に異性から好かれる美少年美少女の靴箱が大量のラブレターで雪崩《なだれ》を起こすとか、お菓子が入っているとかもあるよな。あんなところに食べ物を入れる衛生観念のなさは理解できないが」

明るくないと言いつつも、本当はそういう青春小説を結構読んでいるのではないか。

「協力者がいたとしたら？　違うクラスの人が、わたしのクラスの人に頼んだのかもしれない」

「秘密を守る一番確実な方法は、秘密を誰とも共有しないことだ。もし協力者がヘマでもして、あっさり真史にバレたらどうする？　真史はそいつに、ラブレターのことを問い詰めるよな。協力者は、差出人の正体について黙っていられるか？　差出人の正体を言わなければ、かえって協力者が差出人本人と勘違いされることになるんだぞ。

万事上手くいったとしても、協力者の口から差出人の正体が割れてしまう危険性は常にある。果たして、匿名《とくめい》にこだわっていた差出人の精神が持つかな。

そもそも、敢えて協力者を使ってまで、机に入れることにこだわる必要がない」

「それこそ、靴箱にでも入れればいいのか……」

腕組みして、唸《うな》ってみる。

「あっ！　ラブレターはわたしが学校に来る前から机の中にあったのかも。わたしが気づかなかっただけで」

ちょっと大げさに言ってみる。わたしだって、真実に近づく発言を一回くらいしてみたい。

「真史は教科書類は机の中に入れるのか？」

「うん、朝登校したら、いつも鞄《かばん》から机の中に移してるよ」

「ということは、下校のとき教科書類は全て持ち帰っているな？」

「もちろん。置き勉なんてだらしないことしない」

「ラブレターは、どこにあった？」

「……あっ、そっか」

二時間目で使う社会の教科書を机の中から出そうと手を入れたとき、一番上に薄い紙のような感触があった。そうだ、ラブレターは教科書類の上にのっていた。

「もし真史がラブレターに気づかず教科書類を机に入れたのなら、ラブレターはぐちゃぐちゃになるだろう。奇跡的に綺麗な状態を保っていたとしても、ラブレターは教科書類の下敷きになる。二時間目、その日初めて教科書を使う授業前に気づくのは難しいな」

そうすると、わたしが登校して教科書類を机の中に入れた後に、ラブレターは入れられたことになる。

もはや彼は、当事者であるわたしよりも昨日の状況を正確に理解しているようだ。

「教職員が複数で巡回していることから、教師が真史にラブレターを出したという線も考えなくていいだろう。ラブレターを入れているところを他の教師に見られたら、窃盗の濡れ衣を着せられるどころか職を失う」

「いや教師って！　もともとあり得ないでしょ！」

「そんなことはない。正体を明かせない事情の持ち主ではある」

わたしのクラスを担当している男性教師の顔を何人か思い浮かべてみる。全員おっさんだし、全然かっこよくない。わたしはなんだか薄ら寒くなった。

「教職員の巡回があるから、部外者の線も消していい。よって、ラブレターを真史の机に入れたのは、真史のクラスメイトだ」

差出人はクラスメイト。何人か友達と呼べる男子はいるけど、こんなものを送ってくるなんてとんだ困ったさんだ。

「そもそも、ラブレターがわたし宛《あて》のものじゃないという可能性も」

ラブレターの文面には、わたしの名前が一度も登場していない。考えてみると、これが本当にわたし宛なのかも疑わしい。

「それもないな。同じ教室で半日近く一緒に過ごしている奴が、好きな人の席を間違えるはずがない」

「それは……そうだね」

頭をフル回転させて、クラスで仲の良い男子をピックアップしてみる。

「結構しゃべる男子が、いることはいるけど……」

「結構しゃべるかどうかは関係ない。不必要に差出人候補を狭めるな」

「いや、大して交流もないのにラブレターなんて」

「世の中にはな、一目惚れという現象があるのだよ。人を好きになるには、必ずしも言語化可能な確固たる理由が必要というわけではない」

「なにそれ。実体験に基づく話？」

「ノーコメント」

別に彼の恋愛話を聞きにきたわけではないので、これ以上は訊かない。

「クラスメイトはいつラブレターを入れたのか。手紙に自分の名前さえ書かないのだから、誰かに見られるなんて論外だ。真史の机は、教室のどの辺りにあるんだ？」

「真ん中」

「となると、ドサクサに紛《まぎ》れて入れるってのは難しいな。三六〇度人の目がある。男子が女子の机になにか入れるのは、結構目立つしハードルが高い作業だ。

入れるとすれば教室移動、体育の授業前後だろうな。男子が教室で着替えるのなら、授業の前に最後まで教室に残るか、授業後一番乗りで教室に戻った奴が怪しい」

だいぶ絞れてきた気がする。

「より確実に人目を避けられるのは、授業前、教室に最後まで残ることだな。授業後猛ダッシュで教室に戻るのは不自然だし、早足で教室に戻ったって、すぐに他の連中が教室に入ってくる。

体育の授業前、最後まで教室に残っていたのは誰か。もしくは授業後、一番乗りで教室に入った奴は誰か。ここら辺がわかれば、誰がラブレターを入れたかおおよその見当がつくんじゃないか」

それくらいなら、月曜日男子に聞き込みをすればわかりそうだ。総士くんにでも訊いてみよう。

ん？　総士くん……。

ヒヤリとしたものが、脇腹を伝っていく。

「どうした？　誰かそれっぽい奴でも思いついたか？」

「いや、だってあり得ない。彼女いるもん……」

「あり得るにもほどがあるだろ。彼女がいるから、真史からのリアクションはハナから期待しないし、求めない。だが、なにかしらの形で想いを伝えずにはいられなかった。その結果が、匿名かつ印刷の奇妙なラブレターになった」

「そんな……」

わたしはがっくりと肩を落とした。

「動機は十分だが、今の段階でそいつが差出人だと断定することはできないだろ。別に今、このラブレターに対する考察を止めたっていいわけだ。このラブレターのことはさっぱり忘れて、月曜日何事もなかったかのように学校へ行く。なにも間違った対応じゃない」

彼の言う通りだ。もし差出人が総士くんだと判明したら、今後どう付き合っていけばいいのかわからない。間違いなく、今まで通りとはいかないだろう。

アホだけど一緒にいて楽しい奴だし、わたしは友達として彼のことが好きだ。惚気話《のろけ》は正直うっとうしいけど、彼女のことを大事に思っていることは伝わってくる。もしわたし宛のラブレターの差出人が総士くんなら、わたしは彼のことを軽蔑してしまう。

それに差出人が総士くん以外の男子だったとしても、知ったところでわたしにはどうすることもできないのだ。

このまま知らんぷりしていた方がいい。だけど、こんなことをせずにはいられなかった差出人の気持ちはどうなってしまうのか。いや、わたしが一生懸命考える必要なんてないとは思う。わたしからなにか返事が欲しいのなら、正々堂々と正体を明らかにすべきなのだ。こんな形では、コミュニケーションのとりようもない。

わたしは、もしかしたら真実を摑《つか》めるかもと思って、ここに来た。ただ、わたしが想像していた真実は、イタズラとか人違いとか、そういうものだった。イタズラだったら手紙を捨てればいいし、人違いなら差出人になんとかそのことを伝えなければいけないと考えていたのだ。けれど……。

好奇心はもう十分に満たされたと言っていい。九年会っていなかった男の子を訪ねて、ケーキを食べて、推理をした。これ自体はなかなか楽しい経験だった。

もうおしまいにしてもいい。でも、このままだと、わたしは中途半端に総士くんに対して疑念の目を向け続けることになる。いっそ、はっきりさせた方が今後どうすればいいか見えてきやすいのだろうか……。

わたしは、しばらくなにも言えずにいた。

彼も、なんだか難しい顔をしている。

「どうしたの？」

返事がない。聞こえていないだけだろうか。

掌を口元に当てたまま、彼はまだなにか考えているようだ。

外が暗くなってきた。秋になって日が急に短くなる現象に、毎年飽きもせず驚かされる。

「もう、帰ろうかな」

街灯はあるけど、ほとんど山の中みたいなところから地下鉄の駅までとぼとぼ一人で歩くのはちょっと怖い。

「そうか」

彼は口元から手を離した。

「母さんがいれば、車で駅まで送るよう頼めるんだが。タクシー呼ぶか？」

「いい！　そこまでしなくていいから！」

「金は出すから心配するな。円山公園駅までなら大してかからん」

「大丈夫だから！」

帰り道を心配された。当たり前のことだけど、彼だっていつまでも五歳児ではない。変人で理屈っぽくて、生意気で上から目線なところは変わっていないけど、こうやって気を遣ってくれることもあるのか。

「なにがおかしい」

「おかしくはないよ。ありがとう」

彼は若葉色の封筒を手元に引き寄せ、Ａ４の紙を再び広げた。

「しかし、第三者目線で見るラブレターってのはなんとも滑稽《こっけい》だな」

彼は苦笑しながら、印刷された文章に再び目を走らせる。

なんだか照れ隠しのように見えなくもない。

「……む」

彼が目を見開いた。さっき読んだときとは明らかに反応が違う。

「なにか、わかったの？」

「まぁ、な」

「教えて！」

ひょっとして、差出人候補をラブレターの内容から読み取ることができたのだろうか。

もしかしたら総士くんではないかもしれない。つい期待してしまう。

「さっき言ったよな。推論だけで全てを見通すことはできない。また、真実を知ることは問題解決に繋がらないどころか、新たな問題を生む可能性がある」

「新たな問題っていうのは……」

「今よりもっと難解な局面を迎えるかもってことだ。真史次第だけどな。このラブレター
は、誰がなんと言おうと不完全なんだ。単なるイタズラと割り切って全部なかったことに
しても、真史を責める権利は誰にもない」

「それは、わたしには難しいかも。切り替えられないよ。たしかに、こんな形でラブレターを貰って迷惑だって気持ちはあるよ。迷惑かけられたんだから、ちょっとくらい面白がって謎解きしてみてもいいでしょって気持ちもあった。

でもこのラブレターが、本当にわたしのことが好きで書かれたものだとしたら、なかったことにするのは残酷なんじゃないかって……」

彼はため息をついた。

「このラブレター、最初読んだときは気味の悪さしか感じなかったが、今改めて読んで気づいたことがある。僕らはある先入観によって、差出人候補たり得る人間を半分近く除外してしまったんだ」

「半分も？」

「僕が注目した一節は、ここだ」

彼はある文章を指さした。

『あなたがシュートを打つ姿はとても綺麗で、つい見とれてしまいます。真似してはみるのですが、なかなか上手くいきません。』

わたしもピンときた。差出人の名前がなかったり、印刷だったりといったことばかりに気をとられていたけど……。

「真史はシュートを両手で打つのか？」

「うん」

「基本的に、男子は片手、女子は両手でシュートを打つ。そうだよな?」

「日本ではね。海外だと、女子でもワンハンドで打つのが主流だけど」

「真史のクラスにバスケ部の男子はいるのか」

「一人いるよ」

「そいつはどうやってシュートを打つ?」

「ワンハンドだね」

「真史の真似はしていないわけだ。体育の授業でしかバスケをしない他の男子は、ワンなのかツーなのかよくわからない感じで放り投げる奴が大半だろ」

「そうだと思う。授業で練習するのはゴール下のシュートだけだって聞いた。女子もそう」

「真史のシュートフォームをきっちり真似て両手打ちしている男子がいたら、相当目立つだろうな。それこそ、バスケ部の同級生にでも訊けば簡単にわかる。そんな奴がいればな。

気になるのは、差出人が真史に正体を知られたくない事情を抱えていることだ。たかが体育の授業でそんな目立つことを敢えてしているなんて書けば、匿名の意味がない。授業以外で秘かに真史のシュートのモノマネをやっているのだとしても、そんなことをわざわざラブレターに書くかな」

なんとなく察しはついたけど、敢えて訊ねる。

「なにが言いたいの？」

「ラブレターの差出人が、男子とは限らないってこと。

僕はずっと引っかかっていたんだ。どうしてラブレターを、無理して教室の机の中に入れたんだろうって。体育の授業前後、着替えの時間、教室にたった一人という状況で真史の机の中に手紙を入れるなんて、巡回の教師にでも見られたらやっぱり面倒だろ。

靴箱に靴以外のものを入れるのに抵抗があるような奴だったとしても、だ」

「……女子だったら、どうだっていうの？」

「着替えの時間に教室を出る最後の女子になっても、教室には男子全員が残っている状態だ。

この状況なら机に手紙を入れたところで、そう不審には映らない。

もし真史の机の中に手紙を入れているところを男子に見られたとしても、それだけで噂《うわさ》にはまずならない。女子同士でなんてことない手紙のやりとりをしてるようにしか見えないからな」

「ちょっと待って。そりゃあ、テキトーな紙にメッセージを書いてやりとりしている女子はいるよ。でも、全員じゃない。少なくともわたしはしてないよ。そんなわたしの机に手紙を入れてる姿を男子が見たら、違和感はあるんじゃないかな」

「女子の誰が筆マメなのか。誰と誰が頻繁《ひんぱん》に手紙をやりとりしているのか、そんなこと男子がきっちり把握していると思うか？」

「うーん、そう言われると……」

朝から長い時間同じ空間に押し込められてはいるけど、男子と女子の間には見えない線が確実に存在する。お互いの生態とでも言うべきものを、完全に理解し合っているわけではない。

あくまで線であって壁ではないので、本当はひょいと乗り越えて相手方の縄張りに遊びにいける。ただ、変に目立つ形で線を乗り越えてしまうと、群れにはたちまち淀《よど》んだ空気が立ちこめる。昨日スウィッシュを決めて総士くんとふざけ合った後のわたしのように。

「女子視点で考えれば、体育の着替え時間ほど机にラブレターを入れるのに都合のいい時間はない。体育以外の教室移動は、男女入り乱れて教室を出ていくわけだしな。真史が確実に長時間離席し、万が一机に手紙を入れるところを見られても大事に至る可能性が低く、巡回の教師に変な疑いをかけられることもない。

靴箱にラブレターを入れるのと同じくらい……いや、考えようによっては机の中に入れるのが一番の得策と言える。靴箱にラブレターを入れるところを誰かに見られる可能性もゼロじゃないんだ。いくら女子というのが迂遠《うえん》なコミュニケーションを好む生き物だとしても、靴箱に入れる手紙が友人との他愛ないコミュニケーションであるとは受け取られないからな」

わたしは背もたれに体を預け、視線を天井へ移した。ベルのような形をしたお洒落なペンダントライトが、ダイニングテーブルに暖かな光を与えていた。

「迂闊だよな。それか、ちょっとした慢心があったのか」

視線を、天井から彼に戻す。

「シュートを真似ていると書くなんてさ。しかも、バスケ部の真史にだよ。女子が書いたという発想に、真史は絶対に至らないと踏んだのか。

もしくは……差出人にとってどうしても外すことのできない文言だったのか」

「わからないよ」

「ああ。僕ら二人がいくら考えたところで、真実の全てを見通すことはできない」

わたしはもう一度、窓の外に目をやる。すっかり暗くなっていた。

「ここまできたら、あとはもう真史だけでも目星はつけられるはずだ。これ以上踏み込む気があれば、の話だが……。このラブレター、真史の名前がないよな」

彼もゆっくりと背もたれに体を預け、奇妙なラブレターに目をやった。

「イタズラとして、なかったことにして処理してもらって構いませんという、せめてもの配慮にも思える。自分の名前が書かれていたら、やっぱり捨てるに捨てられないだろ。

いや、わからないけどな。僕が今ふと、そう思ったというだけのことだ」

「おう、ウミ。どうした?」

「あのさ。いや、全然大したことじゃないんだけどね」

家に帰ってご飯を食べて、悩みに悩んで、わたしは総士くんに電話することにした。

「体育のバスケの授業でさ。ツーハンドでシュート打ってる男子っている?」

「ある程度きちんとしたフォームでってことか?」

「うん……」

「いねぇんじゃないかな。いたら気づくと思うわ」

「そうだよね」

わたしのシュートを真似している人がいるとしたら、やっぱり女子か。

「なんだよ急に」

「こっちのことだから気にしないで。あと、もう一つ訊きたいことがあるんだけど。昨日、体育が終わった後、総士くん、わたしの机の辺りにいたでしょ」

「ああ、いたよ」

「誰か、わたしの机になにか入れたりした人、見てない?」

「うーん、そんな奴いなかったと思うぞ。なんだよウミ、なんかイタズラでもされたのか」

楽しそうに茶化してきた。

歩の推理通り、わたしの机にラブレターが入れられたのは、体育の授業前ということになる。

「イラストというか、落書きが一枚入っててね。悪意があるものじゃないよ。名前が書かれてなかったから、たぶん友達の誰かだと思うんだけど」

「ふーん」

さして興味もなさそうに、総士くんは相づちを打つ。

「ありがとう、訊きたいことはそれだけ」

「それだけかよ！　わざわざ電話で訊くことか？」

「なにか気になることがあると、眠れない質なの」

「そんな風には見えねぇけど」

「とにかくそれだけだから。じゃあね」

強引に通話を終了した。


体育の授業前、最後に教室を出た女子は誰か。これは、誰かに訊かなくてもわかる。

それは、わたしとエナだ。

正確に言えば、わたしの方が先に教室を出た。

わたしの机の中にラブレターを入れるチャンスがあった女子はエナだけ、ということになる。

信じられなかった。

信じたくないと頑なに思うということは、エナがわたしに対して恋愛感情を向けるということに関して嫌悪感を抱いているということになってしまうのだろうか。

一体どんな気持ちで、どんな想いで……。

くだらない話もたくさんしてきたし、恋愛話もいっぱいした。

京介くんはわたしのことが好きなんじゃないかとも言っていた。

わたしは、図体のでかさをなにかと気にするけど、そんなわたしのことを羨ましいと言っていた。身長が思うように伸びなくて悩む人だっているんだよ、とも。

昨日、総士くんと調子に乗ってしまったとき、体育館内に漂《ただよ》う淀んだ空気にいち早く気がついて、背中を叩いてくれた。

エナは、いつも周りをよく見て、考えなしに行動するわたしのことをフォローしてくれる。

考えなし、という言葉が胸にズシリとくる。ラブレター云々は抜きにしても、わたしはエナの優しさに甘えて、知らず知らずのうちに彼女を傷つけていたのではないか。

ちっちゃくて、あどけない顔つきにつやつやとした黒髪のショートボブがよく似合う女の子。見た目は家で編み物でもしながら飼い猫を愛でることを最高の喜びとしていそうな雰囲気だけど、バスケではガチガチに固められたインサイドをドリブルで強引にこじあける。よくファウルをとるし、とられる。

エナがインサイドを収縮させることによって、わたしにシュートチャンスが生まれる。わたしは、体がぶつかり合うような激しいプレイはあんまり好きじゃない。エナはわたしの分まで体を張ってくれていて、わたしはただ気持ちよくシュートを打っていただけのデカブツなんじゃないか……そんな気さえしてくる。

鈍いとかボケっとしているとか言われてからかわれたりするけど、わたしは周りの人の気持ちに、エナの気持ちにあまりにも鈍感だったのではないか。

「でも、まだわかんないし……」

本人から直接打ち明けられない限り、エナをラブレターの差出人だと決めつけることなんてできない。

本人に訊く？

ラブレターの返事を、エナの机の中に入れてみる？

このまま、なかったことにする？

どうすればいいのか、どうするべきなのか、全然わからない。

少し、泣いてしまう。

翌日の日曜日は、バスケ部の練習があったけど、体調不良ということにして休んだ。部活をサボったのは、生まれて初めてだ。いつもはくしゃみ一つですごく心配してくれるエナが、この日は「大丈夫?」というメッセージを一言送ってきただけだった。「大丈夫だよ。明日は普通に学校行けるから」と返した。返事はなかった。

一日考えたところで、答えは出ない。

答えが出ないまま、月曜日を迎えた。

「おはよーウミ! 体調大丈夫?」

「うん、大丈夫」

「風邪なんて珍しいね。丈夫なのが取り柄なのに」

「それしか良いとこないみたいな言い方はやめて!」

「そうは言ってないでしょ」

朝、教室で会ったら、エナはいつも通りだった。ホッとした。ちょっとナーバスになり過ぎていたのかもしれないとさえ思った。ラブレターの差出人が、歩の想定以上にアホで、教師の巡回が強化されているにもかかわらず、誰もいない教室にノコノコとやってきた可能性だってあるのだ。

もうすぐ先生が来るので、席につく。さっき総士くんと目が合ったけど、特に話し掛けてはこなかった。体育の件もあるし、気を遣ってくれたのだろう。

教科書類を入れる前に、なんとなく机の中に手を入れてみる。

覚えのない紙切れの感触が、指先から脳まで一瞬で伝わった。

ゆっくり紙を引き出す。森の樹の枝に青い小鳥が止まっている絵が印刷された、横書きの小さな便箋だった。

真ん中にとても綺麗な手書きの字で、たった一行、

『金曜日の手紙のことは忘れてください。ごめんなさい。』


一日中ぼーっとして、いつも以上に勉強に身が入らなかった。あっという間に帰りのホームルームの時間になり、部活の時間になる。

いつまでもこんなんじゃいけない。差出人は、ラブレターを受け取る以前のわたしとの関係を望んでいるのだ。ラブレターを出す前の自分自身を望んでいると言ってもいい。わたしがいつまでも悩んでいたら、差出人も苦しみ続けることになる。

わたしだって過去を振り返れば、なかったことにして欲しいことはたくさんある。誰だってそうだと思う。忘れて欲しいと言うのなら忘れてあげるのが、わたしのことを好きになってくれた差出人への優しさというものではないか。

部活ではいつも以上に飛ばした。

「ヘイ！」

パスを受けて即座にシュート体勢に入りボールをリリースする。ディフェンスにシュートブロックの時間を与えない。気分はステフィン・カリーだ。

ボールはリングに吸い込まれる。

こんなこと毎回できたら、ちょっとすごいよなぁ。

「ウミ、調子に乗るとフォーム崩すよ！」

「わかってるよー」

また、エナに叱られた。

やっぱりバスケは楽しいし、体を動かしていればラブレターのことが頭から少し離れていく。あくまで、少しだけど。

練習の後、みんなの目標シートのコピーが配られた。

エナの十年後の目標は、

『海外で働く。』

とても、綺麗な字で書かれていた。

第二話　ピアニストは蚊帳《かや》の外

怪談というものは、どこの学校にもあるものらしい。トイレの個室に花子さんがいたり、旧校舎の壁に死体が埋め込まれていたり、人体模型が徘徊《はいかい》したり、誰もいない音楽室でピアノの音や、体育館ではボールを突く音がしたり……。

別にわたしは、こういう話に興味はない。バスケ部だから四六時中体育館にいるけど、そんな不審な音は聞いたことがない。下手をしたら体育館の噂《うわさ》は、わたしがボールを突く音を誰かが勘違いしているだけなのでは。……いや、ないか。一人きりで体育館に残ることがまずない。そんなことをしていたら、先生にどやされる。

「十七時以降《ご》、二階から三階へ上る東階段の段数が増えるんだって」

ある日の休み時間、エナは楽しそうに言った。

「増えてどうなるの」

「さぁ？」

十月初旬、怪談のシーズンはとっくに終わっている。

エナは、怖い話が好きだ。バスケ部内でも男女構わず怖い話を聞かせてまわっては、部員たちを震え上がらせている。特に総士くんは怖がりで、エナの格好の標的だ。

普段美しく艶《つや》めくショートボブの黒髪も、暗闇の校舎で窓に差す月明かりに照らされるのを想像するとちょっと怖い。

そのギャップがおかしくて、思わず笑ってしまう。

「なに、思い出し笑い？」

「ううん、なんでもない」

曖昧《あいまい》に笑ってごまかす。さすがに「エナって夜の校舎を一人で歩いてると、お化けみたいだよね！」とは言えない。

「今日ちょっと行ってみようよ。部活ないしヒマでしょ」

こういうことに、エナはわたしをよく誘う。なんだかんだ、一人で行くのは怖いんだと思う。

夕方になるまで、わたしたちは図書室で時間をつぶすことにした。エナは勉強、わたしは読書。読書といっても活字の本じゃなくて『ブラック・ジャック』だ。海外で無実の罪を着せられそうになっているところを助けてくれた日本人に、ブラック・ジャックが恩返しする話を読み終えたところで、十七時になった。

「ウミ、そろそろ行こうか」

図書室は校舎一階の西側にある。わたしたちは人気《ひとけ》のない廊下を歩いて東階段へ向かった。

東階段を上り、問題の二階から三階へ至る階段の前に立つ。

「ウミ、先に確認したいことがあるの」

「なに？」

「階段に足を掛けたところから数を数えてね。本来『0』とすべきところをカウントしないこと」

真剣に言うものだから、妙にかわいらしい。

「あと、上り終わって階段に残した足を三階の床に掛けるときもカウントしない。純粋に、段数をカウントするようにね。階段を下りるときも、同じようにカウントすること」

「そういえば、普段の段数がわからないと増えているかわからないんじゃない？」

「大丈夫。今日のお昼休みに数えておいたから」

几帳面《きちようめん》なエナらしい。こういうのは、最初と最後の一歩を数えるかどうかで段数が変わり、一緒に上り下りした人との答えがズレて「キャー」みたいなことだと思うんだけど。

ここまで前提をきっちり確認してしまうと、段数は変わりようがないのではないか。

「よし、上るよ」

エナは気合い十分だ。

それからわたしたちは何度か階段を上り下りしてみた。エナとわたしで一段ずつ声に出して数えながら何度も上ったけど、もちろん答えがズレることはなかったし、上りと下りで段数が変化することもなかった。

「もう帰る?」

エナは特に残念そうな素振《そぶ》りもなく、わたしを見上げた。

「そうだね」

わたしたち二年生の使う昇降口は西側にある。今いる三階の廊下を歩いて西階段を目指す。

中央階段辺りにさしかかったところで、ピアノを弾く音が音楽室から聞こえてきた。先を歩いていたエナが急に立ち止まる。

「おかしい……」

「なにが?」

「だってピアノの音」

「そりゃあするでしょ。音楽室だもん」

この時間なら、合唱部がまだ音楽室にいるんじゃないか。

「今日は合唱部は休みのはず。井村《いむら》さんがそう言ってた」

「相変わらず顔が広いね。うちの学校に吹奏楽部はないし……」

「もしかしてこのピアノ、なにか霊的な現象なんじゃ……」

最後の方は明らかにエナの声色が変わっていた。

「ドア、開けてみよっか」

「えっ、本当に……」

お化けかもしれない怖さよりも、弾いていた人に「なんか用？」と言われて気まずくなるのがイヤだ。

「大丈夫だよウミ。音楽の教科書をなくしたんですって言って、テキトーに探すフリをすればいいんだから」

わたしが考えていたことを見透かしたようにそう言うと、エナが一歩前に出て音楽室のドアを開けた。

同時に、ピアノの演奏が止まる。

「あっ」

エナが小さく叫ぶ。見てはいけないものを見てしまったという感じではない。

わたしもエナの後ろから音楽室の中を覗《のぞ》く。エナが驚いた原因はすぐにわかった。

「京介くん」

ピアノに向かって座っていたのは、岩瀬京介くんだった。切れ長の目でこちらを見ている京介くんのすぐ隣に、見たことのある男子がいた。たしか京介くんと同じクラスの子だと思うけど、名前が思い出せない。

「どうしたんだよ、二人して」

「わたしたちね、東階段の段数を数えていたの」

エナがちょっと得意げに言う。

京介くんは首を傾《かし》げながら苦笑して、

「ああ、七不思議の。ヒマだなー」

「ほっといて。京介こそどうしたの、こんな時間に」

「今月末にクラス対抗の合唱コンクールがあるだろ。伴奏をやる予定だった女子が入院しちゃってさ。練習や本番で弾くことになるかもしれないんだ」

京介くんはバスケ部には途中入部で、その時の自己紹介でピアノを習っていたと話していた。

「まだ迷ってるんだけどね。大分ブランクがあるし。どのくらい指がまわるかなと思って今日弾いてみたんだけど」

「ホント頑固いよな、岩瀬は」

京介くんの隣にいる男子が口を開いた。

「校内コンクールの伴奏なんて、今日くらい弾ければ十分過ぎるだろ。初めて演奏を聴いたけど、上手《うま》過ぎてびっくりしたぞ」

「上手くはないよ。上手い人は、音が全然違うんだ」

「わたしみたいな素人《しろうと》にはよくわからない世界なんだろうな」

エナがしみじみ言う。

「いや、エナにもわかるよ。本当に才能のある人の演奏は、誰が聴いても凄いってわかる。わかる人にしかわからないようなものは、ニセモノなんだ。

うちの妹はピアニストを目指しているけど、やっぱり全然違うよ。目隠しをしても俺の演奏と妹の演奏は聴き分けられると思う」

「相変わらず京介くんはストイックだね」

修行僧のようだ。

「どうして音楽室で弾いてるの？　家にもピアノはあるだろうに」

エナが不思議そうに訊ねる。たしかに、ピアニストを目指すような妹がいるなら、当然ピアノは家にもありそうなものだ。

「家のピアノは、調律からなにから妹専用だから。俺が遊びで触っていいものじゃない」

そう言う京介くんは、どこか寂しげだ。

「ねえ。せっかくだからわたしたちの前で弾いてみてよ。こんな機会なかなかないでしょ」

エナがせがむと京介くんは煮え切らない様子で、

「うーん……ちょっと恥ずかしいなぁ」

「いいじゃん別に、弾いてやれよ。女の子が頼んでんだぞ」

名もなき――いや名前がないわけじゃないか――男子が同調する。

「うーん、練習が全然足りてないから」

まだ京介くんは悩んでいる。

「わたしも聴いてみたいな」

「……じゃあ、ちょっとだけ」

ようやく京介くんが首を縦に振った。

「ウミが頼むと、弾くんだね」

びっくりして思わずエナの方を見ると、彼女は不敵な笑みを浮かべていた。

「べ、別にそんなんじゃない」

京介くんの耳はあっという間に赤くなる。

なんだかわたしまで恥ずかしいじゃないか……。

京介くんが深呼吸を一つして鍵盤に指を置くと、空気が変わった。

演奏するのは、彼のクラスが歌う予定の合唱曲『空駆ける天馬』。去年の合唱コンでも歌われていた、定番中の定番曲だ。

聴いたことのある曲のはずなのに、最初の一音から引き込まれた。序盤から歯切れが良くて、とにかくかっこいい。天馬が自由に走り抜ける姿が見えるようだ！……こんな間抜けな感想じゃ京介くんはがっかりだろうけど。

心地よく刻まれるテンポは、後半の爆発に備え一旦落ち着く。高揚感から一転、不安や恐怖が徐々に煽《あお》られる。今までこの曲を聴いたなかでも、一番おどろおどろしく感じた。さっきまでエナと肝試しをしていて、今は広い音楽室に四人しかいない。こんな非日常感も、気持ちのアップダウンにきっと影響している。

天まで続く階段を一気に上り切るような後半は、とにかく圧巻だった。情熱的で、ぎりぎりと軋《きし》むような切迫感があって、ドラマチックで……上手い人の生音《なまおと》を体感させられた。普段の京介くんの落ち着いた雰囲気とは対極にあるような、燃えるような演奏だった。

もしかしたら、バスケをやっているときでもこんなに我《が》を出している姿は見たことがないかもしれない。合唱の伴奏なんてことを振り切ってしまうくらい、京介くんは全力疾走している。一音一音が「下手な歌なんか俺には要らない！」と叫んでいるかのような……。

ラスト、遠ざかっていく天馬を見送りながら、京介くんは鍵盤から静かに指を下ろした。

「……すごい」

「ね、すごかったね」

わたしとエナは顔を見合わせる。

「わたし素人だし偉そうなこと言えないけど、すごいって思ったよ！　京介くんだって、ピアノ上手いよ！」

興奮気味に言うと京介くんは、

「普通だよ」

さっきまでの激しさは影を潜《ひそ》め、普段通り穏やかに笑った。


週末の金曜日、六時間目が終われば怠《だる》い授業も月曜日までしばしお別れだ。とっとと教室を出て土日の予定でも立てたいところだけど、今日から合唱コンの練習がある。

わたしのクラスは、合唱コンへのモチベーションがかなり低い。朝練しようなんて言い出す人はいないし、放課後の練習もお義理で一回通して終わりになった。担任も興味はなさそうで、特に文句も言わない。早く部活に行きたいわたしには都合がいい。

別に、不良はびこる荒れたクラスというわけじゃない。みんな部活があったり塾があったりで色々忙しいんだから、興味もない合唱を無理して頑張らなくてもいいでしょというスタンスなだけだ。こんな言い方は、音楽や合唱の好きな人たちに対して棘《とげ》があるかもしれない。だけどその人たちだって、全校生徒強制参加の海砂杯争奪バスケットボール大会をやるから毎日練習してねと言われれば、文句を言うに決まっているのだからお互い様だ。

あっさりとした合唱練習を終え、部活のために体育館へ行く。

この時期は普段より部員の集まりも悪い。合唱コンで最優秀賞を本気で狙っているクラスに所属している部員は、なかなか練習を抜けられないのだ。

やっぱり、京介くんの姿もない。

「京介のクラス、合唱コンのモチベーションすごいんだって」

「担任の先生からして、気合い入りまくりらしいよ」

わたしとエナはウォームアップをしながら、京介くんを気の毒に思った。

先週音楽室で聴いた京介くんの演奏はあまりに鮮烈で、たぶん彼が本気で弾いたら、クラスメイトはついていけないだろう。もちろん彼はスタンドプレイに走って、クラスの和を乱すような人じゃない。クラスのみんなが歌いやすいよう最大限に気を遣って演奏するはずだ。それが京介くんの望む演奏かはわからないけど。

「あんまり拘束するもんじゃないよね。まったく練習するなとは言わないよ。ただ、自分の意志で入部する部活動とはやっぱり違うんだからさ。テキパキ練習すれば早く終わるものをやる気なくチンタラする奴はどうしようもないと思うけど、過度なやる気を他人に押しつけるのもどうかな」

エナの言う通りだと思う。

「京介はなかなか練習抜けられないだろうね。伴奏やることになったらしいし」

「京介くんは最初の一、二回だけ付き合って、後はテープでいいんだよ」

合唱コンの練習期間はご丁寧《ていねい》に各クラスに電子キーボードが貸し出される。わたしのクラスでは、デモの自動演奏に合わせてテキトーに指を動かしてピアニストを気取る遊びが盛り上がっていたけど、真面目なクラスでそんなことをしたら白い目で見られるだろう。

合唱の練習を終えた部員たちが、ぞろぞろと体育館にやってくる。あるいは、途中で抜けてきたのかもしれない。その中に京介くんの姿もあった。

「今日は合唱の練習、早く終わったんだね」

部活終わりに、水飲み場で水を飲んでいた京介くんに声を掛けた。

彼は首にかけていたタオルで口元を拭《ぬぐ》って、

「いや、今日は練習を抜けてきた」

「え、伴奏なのに」

「ああ、伴奏はやっぱりやらないことにしたんだよ」

どうして？　顔に出てしまったのか、わたしが訊ねる前に京介くんは理由を教えてくれた。

「本番直前にバスケで突き指でもして弾けなくなったら、クラスに迷惑かけちゃうだろ。幸い、もう一人ピアノを弾ける人がいたからさ、その人がやることになったよ」

「そうなんだ」

京介くんらしい判断だ。でも、

「せっかく練習してたのに」

不測の事態なんて、誰にでも起こり得る。なにもバスケ部に限ったことじゃない。京介くんは少し気をまわし過ぎではないか。

「もう一回、京介くんの演奏を聴いてみたかったけど、しょうがないね」

「ごめん」

予想外の謝罪に面食らってしまう。心なしか、京介くんの表情が曇《くも》っている。

「いや、なにも謝ることなんて……」

なにも答えず、京介くんは体育館へ足早に戻っていった。


京介くんの様子がおかしかった。

家に帰って晩ご飯を食べて、宿題もせずベッドに横になって、京介くんとのやりとりを思い返してみる。

先週の放課後音楽室で練習していたとき、京介くんは伴奏するか迷っているとは言っていたけど、あの時点ではやる気があったんじゃないか。他にもピアノを弾ける人がいるなら、最初からその人に譲ってしまえばよかったわけだ。もしかしたら、もう一人のピアノを弾ける人は合唱コンの伴奏に乗り気じゃなくて、それを見かねた京介くんが代わりにやってあげようとしたのかも。だけど結局、その人の気が変わって辞退することに決めた……のだろうか。

「なにか、あったのかな……」

歩に訊《き》いてみようか。

この間、連絡先を交換したのだ。

【鳥飼歩】

[どうして伴奏しないのかな?] **既読**

[君は、日常生活で変だと思ったことを全部僕に推理させるつもりか?]

[いや、そういうわけじゃなくてね] **既読**

[突き指するかもしれないから、伴奏を辞退する]

[合理的じゃないか。謎でもなんでもない。岩瀬京介は真面目な奴なのだろう]

[そうだけど……。なんか様子がおかしくて。なにかあったんじゃ] **既読**

[知るか]

[そんな冷たい] **既読**

[推理だの推論だのよりも、シンプルかつ確実に真実を得られる方法を教えてやる]

［なになに？］　**既読**
［本人に訊け］

彼がよくわからないアニメキャラのスタンプを送りつけてきたので、わたしも去年流行した芸人のスタンプを送りつけて、やりとりを終えた。

土曜日は録りためていた映画を観て過ごした。

翌日。部活のため学校へ行く。もちろん、部活には京介くんもいる。歩は本人に訊けと言うけど、「なんで伴奏やらないの？」なんて訊かれてもあまりいい気はしないだろう。どれだけしつこいんだって思われそうだし、実際そうだ。

合唱コンの伴奏をしない。それで終わりの話のはずなのに、なにかと気にしてしまうのは、京介くんの演奏があれっきりになるのが惜しいからかもしれない。

金曜日に話したとき、京介くんは伴奏の話をしたくなさそうにしていた。それをもう一度蒸し返そうだなんて、わたしのエゴでしかない。

「あれ、京介のクラスの男子じゃない？」

フロアをモップがけしているエナが気づいた。わたしもエナと同じく、体育館の入り口に目をやる。痩《や》せぎすの男子が立っている。

「どこかで見たことあるなぁ」

「どこかでって、生徒会長選挙に出てた望月《もちづき》だよ。覚えてないの?」

「うーん……」

そう言われてもあまりピンとこない。たしか二人立候補していたはずだ。

「当選した方? 落ちた方?」

「落ちた方。今は生徒会の……なにやってるのかな。忘れちゃった」

今後思い出すことはなさそうだ。

「岩瀬、ちょっといいか!」

意外なほど響く大きな声を出したので、片付けをしていた部員たちの動きが止まる。

京介くんは生徒会の男子に歩み寄ってなにか話した後、顧問の先生も交《まじ》えて話をすると自分の荷物を持って部活を早退した。

「男に呼び出されても全然嬉しくないなー」

総士くんがモップがけをしながら鼻歌交じりにそう言うと、「真面目にやれ」と先生に叱《しか》られた。

「また怒られてやんの」

エナは呆《あき》れて肩を竦《すく》める。

「望月とは一年のとき同じクラスだったんだけど、正直苦手だったな。ちょっと偉そうでさ。去年、合唱コンの指揮者に立候補してたから、今年も指揮者やってるんじゃないかな」

エナの口ぶりは少し、京介くんのことを案じているようだった。

「わざわざ日曜日の体育館にくるなんて、ちょっと変だよね」

同じクラスなら、明日になればイヤでも顔を合わせるだろうに。

指揮者を担当していることも気にかかる。もしかして、望月くんとなにかあって、伴奏をしないことになったのだろうか。

イヤなことがあっても、京介くんはわたしたちにはあまり言わない。なにかあったのか訊いても、きっと「なんでもないよ」と言うだけ。

京介くんは好まないかもしれないけど、友達なのだから、相談の一つや二つはして欲しい。

「変なことにならなきゃいいんだけど……」

エナの呟《つぶや》きが、しばらく頭を離れなかった。

部活が終わり、昇降口でエナや総士くんと立ち話をしていると、京介くんの姿が見えた。

「おーい、京介！　なにしてたんだよ、部活途中で抜けやがって」

総士くんが話し掛ける。

「まさか今時、体育館裏でケンカか？」

「体育館裏でもケンカでもないよ。教室で担任の先生も待ってるって言うものだから、断るわけにはいかなかったんだ」

「おいおい、なにやらかしたんだよ」

「大したことじゃないよ。合唱コンの伴奏を頼まれたんだ。何度頼まれてもやりませんって言ってきたよ。他に弾ける人もいるからね」

「やってやればいいだろ、去年まで習ってて、結構上手いんだろ？」

結構どころの上手さじゃない。京介くんの演奏を聴いたわたしとエナは、身をもって知っている。

「面倒くさいじゃないか、たかが校内コンクールの練習に遅くまで付き合わされるなんて。バスケしたいからね」

総士くんは大げさに目を見開いてみせる。

「聞いたか、京介が面倒くさいって。この京介が！」

「あんたとのやりとりが面倒くさいから、冗談言って終わりにしたいだけだよ」

「やだ、それは冷た過ぎるだろ。そんなことないよな？」

京介くんは穏やかな笑みを浮かべた。

でも、本当に面倒くさいと思っているのなら音楽室で練習なんてしないはずだ。

「とにかく、もう用事は済んだんだろ？　今から四人でマック行かね？」

「えーと、そうだな」

京介くんはちょっと考え込んでいるように見える。

「うん、いいよ。行こう」

「よし、決まり」

「ちょっと待って、なんでわたしとウミの予定を確認しないの」

「そうだそうだ。わたしもエナも、それなりに忙しい日々だよ」

「どうせヒマだろ？　予定がどうこうってのは、彼氏の一人でもつくってからにして欲しいもんだな、凸凹《でこぼこ》コンビ」

「ウミ、今の聞いた？」

「凸凹コンビにボコボコにされるかマックで奢《おご》るか選んでね、総士くん」

マックでは普段通りしょうもない話で盛り上がって、伴奏の件についてはちゃんと訊けないまま別れた。まあ、明日も部活で会うし、訊ねる機会はいつでもある。

今なにか抱えている悩みがあるなら、相談して欲しいけど……。でも、相談されたとして、わたしに力になれることがあるのか。早くも無力感でいっぱいになる。

そんなことをぼんやり考えながら、居間のテレビのチャンネルをいじる。

「目には目を、歯には歯を、年金支払いは祖父母の年金で」

『年金ミバライ』がテレビに出ていた。京介くんも好きな若手漫才コンビだ。ゆるい雰囲気で意外に鋭く世相を斬る独特の世界観でブレイクしている。

「連絡してみようかな」


【岩瀬京介】

［年金ミバライ、テレビ出てるね！］

［見た？］

翌朝になっても、京介くんからの既読はつかなかった。

「珍しいな、結構すぐ返事くれる方なのに」

バスケ部の朝練にも、京介くんは現われなかった。

「雪でも降るんじゃないか」

「月末には普通に降るでしょ。もう十月だよ、総士くん」

朝練は強制参加ではない。自由参加と言いながら実際は強制参加というスパルタな学校もあるけど、うちのバスケ部は本当に自由参加だ。

エナは難関校受験希望者向けの朝講習に出席するからほとんど参加しないし、総士くんは来たり来なかったり。ただ、京介くんは必ず朝練に参加する。わたしの知る限りでは、休んだことはない。その努力が途中入部のハンデを埋め、スターターの座を不動のものにしていると言っていい。

「風邪でもひいたのかな……」

昨日返事がなかったのは、寝込んでいたからかもしれない。

「もしそうなら、見舞いに行ってやれよウミ。たぶんめちゃくちゃ喜ぶぞ」

喜ぶかどうかはわからないけど、悪くないアイディアだ。でも……。

「なんか、風邪をうつしちゃいけないって、ものすごく気を遣わせちゃいそう」

かえって京介くんの体調を悪くしてしまうかもしれない。

朝練を終えて教室に戻り、エナにも相談してみる。すると、意外な答えが返ってきた。

「京介なら、朝講習終わってから教室を出たところでばったり会ったよ。京介って朝練必ず出てるでしょ。どうしたのって訊いたら、寝坊だって」

珍しい、そんなことがあり得るのか！

「ホームルームには遅刻しないあたり、さすがだと思うけどね。総士なんて、昼過ぎまで寝てのうのうと部活だけしに来たことがあったでしょ」

それはそれで、「そんなことがあり得るのか！」と言いたくなる。非常識過ぎて。

「他にも、ちょっと気になる話があってね。廊下で少し立ち話しただけだから、詳しくは訊けなかったけど」

エナはわたしに体を寄せて、周りの人に聞こえないよう小さな声で話す。

「先週の金曜日の合唱練習で、指揮者の望月と揉《も》めたらしいよ。もう和解したらしいけど。ほら、日曜日に望月が体育館に来たでしょ。たぶん京介に謝るためだよ」

「京介くんが誰かと揉め事を起こすなんて……」

なんだかもう、あり得ないこと続きで混乱してくる。

「伴奏をやらないことと、なにか関係があるのかな？　音楽室で練習してたときは、結構乗り気だったと思うんだよね」

「うーん、どうだろ。京介は、そういうこと言わないからね」

「先週の金曜、部活終わった後に、伴奏のこと京介くんに訊いたんだ。そのときも、なんか様子がおかしくて……。

もう一回演奏を聴いてみたかったのにって言ったら、真面目に謝られたんだよ！　きっとなにかショックなことがあって、混乱してたんだよ」

エナはポカンとして、わたしを見ている。

「それはそんなにおかしくないでしょ。ウミの期待に添えなかったから謝っただけだよ」

「いや、そんなことは……」

「まぁその話はおいといて。京介と望月の間になにがあったのかもっと詳しく知ってる人に訊かないと、本当のところはわからないね。気になるなら、坂田《さかた》くんに訊いてみたら」

「坂田くん？」

「音楽室で、京介と一緒にいたでしょ。彼が坂田くん。京介と同じクラスで、合唱部の部長だよ」

「知り合いなの？」

「去年生徒会で一緒だった」

「顔が広いなぁ」

エナは二年生になってからは、生徒会には所属していない。部活に専念したいからやめたのだそうだ。一部の人たちには次期生徒会長を期待されるくらいバリバリ活動していたらしい。もし今年の選挙にエナが出ていたら、間違いなく生徒会長になっていたはずだ。少なくとも、男子は全員エナに票を入れる。かわいいから。

「じゃあ、この話は後でね。もう先生来ちゃう」

エナは自分の席へ戻っていった。

坂田くんとは、その日のうちに会うことになった。お互い部活をやっていてなかなか予定が合わず、それならいっそ今日部活が終わった後、どこかでお茶でも飲みながら話をしようとなったのだ。

そう長い話にはならないらしいけど、とはいえ「立ち話で済ませられる話じゃない」と坂田くんは言った。帰りが何時になるかは心配だけど、ちょっと部活が長引いたと言えば平気だろう。そもそも、エナとつい長話して遅くなることも割と多い。

坂田くんオススメの喫茶店があるというので、そこに集まることになった。

喫茶店で出されるコーヒーはなんとなく高そうだ。わたしは少し不安になる。五百円以上は堅いのではないか。

喫茶店は、学校の近くにあるちょっとした雑木林の片隅にあった。

建物は店舗兼住宅になっていて、店舗の入り口に『一周年記念、本日限定全メニュー半額』と張り紙がされていた。

「坂田くんはこのこと知ってて集合場所をここにしたんだね」

「ウミ、一人じゃ入りにくかったんじゃない？」

フフンと鼻でも鳴らす感じで、エナがからかってきた。

「こういうところは平気」

一階部分の大きな窓やガラス張りのドアは、明らかに住宅用のそれではない。自分の家と同じようなドアを開け、土足で三和土《たたき》を越えなければいけないようなお店は気後《きおく》れしてしまうけど、そうではなさそうだ。

エナがドアを開けると、カランカランと鈴が鳴った。エナに続いて、わたしもお店に入る。カウンターにいる感じのいいお姉さんに「いらっしゃいませ」と言われ、軽く頭を下げる。

入り口から右手側がカウンター席、窓に面した左手側に二人掛けテーブルと四人掛けテーブルがいくつかあった。四人掛けテーブルはお客さんで既に埋まっている。ダークブラウンの板張りの床は一歩踏み出すと心地よく軋んだ。

このお店のいい雰囲気をつくりだしているのは、床だけではない。一際存在感を放っているのは、入り口正面の壁際に置かれた木目調のアップライトピアノだ。

「素敵……」

エナが感嘆の声を漏《も》らす。

「よく見る真っ黒なピアノとはまた違った良さだね」

「二人とも、こっちこっち」

声を掛けられ、ようやく坂田くんの姿に気がついた。存在感でピアノに負けているなと不覚にも思ってしまい、ちょっと申し訳ない気持ちになった。

わたしとエナは並んで、坂田くんの正面に腰を下ろす。坂田くんの手元には既にカフェラテがあった。

「ごめん、待った？」

エナが訊くと、

「ううん、そうでもないよ」

と言って坂田くんはカップに口をつけた。

お姉さんがメニューを持ってきてくれたので、なにを注文しようか考える。なかなかこういうところに来る機会はないから、慎重に選びたい。

「わたし、本日のコーヒー」

「エナ早いよ！」

「わたしに構わず、ゆっくり選んで」

「ケーキ食べないの？」

ベイクドチーズケーキとかガトーショコラとか、とてもおいしそうだ。しかも嬉しいことに、今日は半額で頼める。

「じゃあ、ショートケーキ食べようかな」

「わたしはガトーショコラで、飲み物は——」

そんなやりとりをしていたら、再び鈴の音がした。新しいお客さんが来たのだろう。

「あ、真史」

ついこの間、聞いた覚えのある声だ。

あわてて入り口の方へ目をやる。

「歩！」

「えっ、誰？」

エナがちょっと硬い声でわたしに訊く。

「幼馴染み《おさななじ》……って言うのかな？　しばらく会ってなかったんだけどね」

「最近になって、再会したの？」

「うん、まぁ」

再会のきっかけはあまりにデリケートな事情なので、エナには言わない。

坂田くんは特に興味もなさそうに、カフェラテに口をつけている。

するど、こともあろうに歩は、ずんずんこちらへ向かってくる。まさか……。

彼は坂田くんの隣にすっと腰を下ろした。さっきまで興味なさそうだった坂田くんも、さすがに面食らっている。エナは明らかに、警戒と嫌悪が混じり合ったオーラを発しているので、表情を確認するのが怖い。

「歩、なんでそこに座るの。あいてる席は他にもあるでしょ。カウンターでも、二人掛けの席でも」

「僕は、小さなテーブルでちぢこまって飲み食いするのが苦手なんだ。カウンターはもっと苦手。もちろん、それらに座らざるを得ない状況であれば、仕方なく座るけどね。それくらいの良識はあるさ」

「ちょっと、なにこの子」

エナが、彼にも聞こえるような声で続ける。

「変人……」

「それはわかってる」

そうは言っても、変人以外の言葉が見当たらない。

「どうしてこの店に来たの？ 宮の森《みやもり》からは結構遠いでしょ」

「歩いてきたとでも思っているのか？ 地下鉄ならすぐだ。今日は全メニュー半額だからな。往復の交通費五百円を含めても、来る価値は十分にある」

この男は、一人でケーキを何個食べるつもりなのか。

「あのねぇ。わたしたちこれから大事な話があるんだけど」

「僕は気にしないから」

こっちは気になるの！

改めて思ったけど、彼は頭の良いアホだ。無理矢理にでも追い出さなきゃ……いや、待てよ。

「あのねぇ、あなたちょっと非常識――」

「待って、エナ」

わたしはエナに耳打ちする。

「非常識なのは間違いないけど、このままいてもらおう」

「……なんで？」

「彼、とても頭が切れるの。坂田くんの話を聞いて、なにか気づいてくれるかも」

エナが訝《いぶか》しげに彼を見る。

彼は偉そうに足を組み、

「僕のことは石だと思ってくれ」

とのたまって、お姉さんからメニューを受け取った。「ご注文がお決まりになりましたらお声掛けください」と言ってお姉さんはカウンターへ戻っていく。

「この店は――」

と口を開いた坂田くんも、すっかり落ち着きを取り戻している。この人もちょっと変人な気がしてきた。

「岩瀬の親の知り合いがやってるんだ。その関係で岩瀬は店主に頼まれて、たまに演奏しているらしい。まぁそんなお堅い演奏会じゃなくて、楽器ができる知り合いに声を掛けてやってもらうような、気楽なものらしいんだけどどね。内緒にしておいて欲しいって言われてたんだけど……あれ、見てみろよ」

坂田くんは、ピアノの傍《かたわ》らの壁に貼ってある『演奏会のお知らせ』という張り紙を指さす。

「ピアノソロ、岩瀬京介だって……」

わたしとエナは思わず顔を見合わせる。さっきはピアノばかりに気をとられて気がつかなかった。

「音楽室で練習してたのは、合唱コンの伴奏のためだけじゃなく、ここで弾くためでもあったみたいなんだ」

「ここでの演奏は確定の話？」

「ちょっと訊いてみようか」

坂田くんは席を立ち、カウンターにいるお姉さんに話し掛けにいった。戻ってくると、

「今のところ予定の変更は聞いてないってさ」

わたしは考える。バスケで突き指をして迷惑をかけるかもしれないから合唱コンの伴奏は辞退したと、京介くんは言っていた。でも、このお店での演奏は、今のところ予定通りこなすつもりでいる。店内に名前入りのポスターで告知までされて。

やっぱり突き指云々《うんぬん》は建前でしかないように思えてきた。

わたしは目の前にいる「石」こと歩を見る。彼の眉がほんの少し動いたような気がした。

注文したケーキとコーヒーが運ばれてくる。ガトーショコラは固めでビターなものが好きだ。よく冷えているとなお良い。その点、このお店のガトーショコラはとてもわたし好みだった。ミントの葉がのっているところにも、細やかな気配りを感じる。先月彼が言っ

ていたところの「バランス」というやつだ。

「あんな岩瀬は、初めて見たよ。人が変わったようだった」

坂田くんは、二杯目のカフェラテを飲みつつ、語りだした。

「岩瀬は、音楽に対して並々ならぬ情熱を持った奴だと思う。音楽室での演奏を聴いて、二人もそう思っただろ？」

＊

望月は躍起《やっき》になっていたんだ。生徒会長に落選したこともあって、とにかくなにか実績が欲しいんだと思う。高校に推薦で入るためというよりは、ただただ自分の満足のためにやっているんだと俺は思うね。目標もなくステータスに取り憑《つ》かれているというか。ま、一種の病気だよ。

先週の金曜日の合唱練習で、岩瀬は伴奏をしていた。

——うん、そうだよ。岩瀬は合唱コンで伴奏をするつもりでいたんだ。

練習が始まってしばらくは、何事もなく進行した。うちのクラスはみんな結構やる気があって、サボったり手を抜いたりする人はいなかったんだ。

ただ、残酷な話ではあるんだけど、やる気があれば誰にも迷惑をかけないのかと言えば、そんなことはなくてね。一人、その……すごく音痴な奴がいた。そいつの名誉のために、名前は伏せて仮にXとしようか。

Xは声が大きいものだから結構目立つし、周りの人も音程がとりにくくなるんだ。Xが頑張れば頑張るほど合唱は乱れる。

それに対して望月がキレたんだ。ものすごい剣幕だったよ。

「X！　お前いても邪魔なだけだから帰れ！」

何人かは、口にはしないまでも望月に同調していた。音楽的にマイナスだったのは、事実だからね。それにしたって言い方ってものがある。有無を言わせず強制参加させられるようなイベントで文句一つ言わず頑張っている人に対して、罵声を浴びせることはないだろ。

Xはもう見ていられないぐらい怯《おび》えちゃってさ。クラス全体が静まりかえったよ。

俺は一応合唱部だから、望月に一言言ってやろうと思った。

でも、俺が口を開くよりも先に、岩瀬が立ち上がったんだ。

「一生懸命やってる人に、その言い方はないんじゃないかな」

「なあなあでやることが、クラスのためになるのか？　俺たちは最優秀賞を目指してやっているんだぞ！」

「最優秀賞を目指す？　初耳だな。いつからそれがクラス全体の目標になったんだ。一人一人にちゃんと確認はとったのか？　君の個人的な目標を、クラス全体の目標にすり替えるなよ」

「審査されて優劣が発表されるコンクールで、上を目指すのは当たり前のことじゃないか。いちいち全員の意思を確認しなきゃいけないようなことなのか？」

「もちろん、やる以上は真剣にやるべきだ。でも、校内の合唱コンクールは、音楽的な高みに到達するために行われるものじゃない。ちょっと考えればわかるだろ。上手い奴だけ歌って上辺だけ良く聴こえるような合唱にはなんの意味もないし、評価に値しない。

結果にこだわるという意味で真剣にやりたいのなら、音高、音大に行くなりなんなり勝手にしろよ」

岩瀬も熱くなり過ぎたんだ。これだけ煽られたら、望月だって引くに引けない。

「俺はなにも、全員にプロを目指すレベルの取り組みを求めてるわけじゃない！　ただ、Xの歌はあまりにひどいだろ！　ちょっと歌が苦手なんていう次元じゃない、これじゃあ全体のバランスが崩壊する！」

「君の考えるバランスの保ち方は、下手な人間をただ排除するってことなのか。それなら君も今すぐ教室を出ていけ！　君の指揮は楽譜から外れ過ぎだ、この下手クソ！」

望月は顔を真っ赤にして指揮棒を床に叩きつけるなり、岩瀬に摑《つか》みかかった。馬鹿だよな。岩瀬はスポーツマンだ。殴り合いにでもなったら、望月の方がボコボコにされるよ。

でも、そうはならなかった。先生が来たんだ。

先生はすぐに岩瀬から望月を引き離して、事情を訊いた。先生は怒鳴ったよ、もちろん望月に対してね。そりゃそうだ、どう考えても望月が悪いんだから。

望月はその場で指揮者を降りて、Xと岩瀬と、他のみんなに謝罪した。

岩瀬は謝罪を受け入れたけど、納得しているようには到底見えなかったな。それだけ、望月の振るまいにムカついたんだろう。伴奏は辞退したよ。騒ぎを大きくしてしまった責任は自分にもあると言ってね。まぁ、こんなことになったらやる気も失せて当然だよな。

これで、揉め事は一件落着。土日も挟むし、クラスに残ったわだかまりは時間が解決するものと思ったよ。でも、そうはならなかった。

今日、朝のホームルームで先生が、

「先週の件で望月は指揮者を降りることになった。そうなれば当然新しい指揮者が必要になるが、合唱コンまでもう一ヶ月を切っている。今から他の誰かが指揮の練習を一からやるのは大変だと思うんだ。

そこで先生から提案があるのだけど、望月にもう一度チャンスをやってはくれないか。

世の中には、絶対に許されない過ちが存在する。だが、今回の一件は、そういう種類のものではないと先生は思う。あくまでこれは先生個人の意見だ。望月が指揮者をやるのに反対するものは手を上げてくれ。一人でも反対する人がいれば、指揮者は望月以外の人にやってもらう」

先生の対応にはがっかりしたな。こんな雰囲気で、手を上げる奴がいると思うか？　完全に、望月が指揮者をやるという結論ありきの提案だ。白《しら》けるどころじゃないね。

休み時間、俺と岩瀬が雑談していたら、望月がやってきた。

岩瀬に伴奏をやって欲しいと言うんだ。自分は指揮者に復帰したのに、岩瀬が伴奏を降りたままじゃあ望月も気分が悪いんだろ。なによりも、岩瀬を伴奏者に復帰させることで、完全に和解したことを周囲に示したかったんだと思う。望月はそういう、狡《ずる》い奴なんだ。

岩瀬は感情的になることなく、丁重に断ったよ。自分のことはもう気にせず、合唱コンまで頑張ってと、エールまで送っていた。

望月はそれ以上しつこく岩瀬に絡むでもなく、そそくさと俺たちから離れた。

そのときは、それで終わったんだ。もう岩瀬の中に怒りはなく、金曜日の一件はどうでもいいことになったんだと思ったよ。

放課後になって、岩瀬に音楽室のことを訊ねられた。そりゃあ、この店で弾く予定があるから、練習は続ける必要があることは俺も知っていた。

「また、音楽室のピアノを使わせてもらうことってできる？」

「ああ。火曜日でいいんだよな？　先生に訊いとく」

「助かるよ」

「ラッキーだったな、バスケ部と合唱部の休みが一緒で」

すっかりいつもの岩瀬だったから、俺もつい口が滑《すべ》って、

「望月もバカだよな、岩瀬に摑みかかったりして。殴り合いになったらどうやって止めようかとヒヤヒヤしたんだぜ」

と言うと、岩瀬の表情がみるみる険しくなっていった。

「そんなことしないよ。たとえ向こうが殴ってきたとしてもね。ピアノやバスケをやるための大事な手、大事な指なんだ。ただ……」

岩瀬は、拳《こぶし》をグッと握っていた。爪が食い込んで血が出るんじゃないかってくらいに。

「いずれ、思い知らせる」

正直、怖かった。金曜日に見せた激しさとはまた違う、静かな怒りだった。

岩瀬の奴、なにかしでかすつもりでいるんじゃないか。二人はなにか聞いてない？

――そうか。ま、言わないよな、岩瀬は。

血迷ったことしなければいいんだけど。

それが、心配でね。

京介くんが伴奏をしない理由は、大体わかった。そんなことがあれば、やらないという選択も理解できる。

ただ、京介くんが望月くんに対して、なにかとんでもないことをやってしまうのではないかという新たな心配が生まれた。

「京介の奴、無茶しなきゃいいんだけど……」

エナも心配そうに呟く。

＊

「京介くん自身が傷つくような結果にだけは、なって欲しくないよね」

目の前の「石」を除いて、わたしたちはどんよりと重たい空気に支配された。

二個目のケーキとなる洋梨のタルトに、フォークを入れる彼に訊ねる。

「なにか気になることはない？」

「石は、推論を述べない」

「石は、ケーキ食べない」

「別に僕は、岩瀬京介とやらがなにをしようとどうでもいい」

「歩、小さなテーブルで飲み食いするの苦手って言ってたよね」

「ああ」

「わたし、大きな石と向かい合って飲み食いするの苦手なんだけど」

彼は肩を竦めた。

「それは気がつかなかったな。僕は小さなテーブルが苦手、真史は大きな石が苦手、なにか妥協点を見出さなければ」

「推論を披露してくれたら、石の前でケーキを食べることは我慢してもいいよ」

「しょうがない」

割とあっさり協力してくれることになった。

エナはまだ、彼に対して不信感を露《あら》わにしている。当たり前か。

「僕は校内で行われるような合唱コンクールの審査基準には疎《うと》いんだが、指揮や伴奏の出来は、合唱の評価に影響するものなのか？」

「いや、まったく」

坂田くんが答える。

「合唱部の顧問の先生からも聞いたことがあるけど、指揮や伴奏の出来そのものは評価には含まれていないんだって。個人の技量を測るためにやる行事じゃないからね」

「なるほど。最低限の体裁さえ整っていれば、指揮者や伴奏者は本当に誰でもいいのか」

「練習段階では指揮者と伴奏者がみんなを引き上げていかなくちゃいけないけど、本番では蚊帳《かや》の外だね」

「指揮者は、そうだろうな。だが、伴奏者はそうじゃない」

「それ、どういうこと?」

普段よりかなり低い声でエナが訊ねる。

「指揮者の出来が全体に波及することはない、そもそも指揮法を理解していない奴が大半だろう。また、音痴が一人二人いたところで、致命的な減点にはならない。純粋にレベルの高い合唱が求められてるわけではないからな。

対して伴奏者は、たった一人の力で合唱を破滅させることができる唯一の存在だ。急にテンポが上がったり下がったり、伴奏が途中でつっかえたりしたら、おそらく合唱は止まる。

音楽性が全てではないと言っても、それでは受賞の可能性は完全に絶たれる」

「随分と腹黒いこと思いつくんだね」

「どう感じるかは主観の問題だから、とやかく言うつもりはないがね。ともかく、合唱コンクールという盤上で愚かな指揮者を打ち砕くことができるのは、伴奏者だけだ」

「京介くんはそんなこと、考えもしなかったと思うよ。合唱をめちゃくちゃにされて一番困るのは指揮者かもしれないけど、合唱が台無しになれば他の人だってやっぱり残念に思うだろうし、そんなあからさまに下手な演奏をしたら、京介くんがクラスの誰かに非難される可能性もある」

「岩瀬ほどの奏者に、わざと下手に弾くなんて発想はないだろうしね」

坂田くんもわたしに同調した。

歩は、コーヒーカップの縁を指でカチンと弾《はじ》く。

「今日は結構冴《さ》えてるじゃないか、真史。

そう、たしかに今言った方法は、あまりにも己の名誉を犠牲にしてしまう。なりふり構わず相手のダメージのみに拘泥《こうでい》する復讐者ってのも、世の中にはたくさんいると思うがね。だが、岩瀬京介は一旦降りた伴奏者に再び就く機会がありながら辞退した。

そして『いずれ、思い知らせる』という発言が確固たる自信と決意からくるものであるとすれば、彼は持っているんだ。ピアニストであることに勝る切り札を。己の手を、音楽を汚さず、確実にターゲットが報いを受ける、盤外からの一撃をね」

なんだか空恐ろしくなってきた。

「京介くんは、なにをしようとしているの？」

「それはまだ、わからないな。揉め事の顚末《てんまつ》を聞いただけではね。もっと情報がないと。岩瀬京介の様子は、普段とは違ったんだろ？」

金曜日の夜、たしかにわたしは歩にそういうメッセージを送った。

「その辺のこと詳しく教えてくれないか。他の二人も、なにか岩瀬京介のことで気がついたことがあれば、どんどん発言するように」

遙《はる》か雲の上、山の頂《いただき》、あるいは大気圏外、そんな高みにでもいるかのような上から目線で、彼はわたしたちを見回した。

「ウミ、こいつ、いくつ？」

「わたしらと同い年だよ……」

エナは怒ると怖いんだぞ。ほどほどにしておいた方がいいぞと、心の中で歩に注意した。

わたしが、金曜日から今日にかけての京介くんの様子をかいつまんで話した。

金曜日の部活終わり、京介くんは伴奏をやらないことをわたしに告げて謝った。

日曜日の部活中、京介くんは指揮者の望月くんに呼び出されて、途中で抜けた。担任の先生も交えて、教室で話をするためだ。その日わたしたちは部活終わりに四人でマックに行き一時間くらい雑談したけど、わたしは気にかかっていた伴奏のことを結局訊くことができなかった。家に帰った後で京介くんにメッセージを送ってみたけど、既読は翌朝、つまり今朝になってもつかなかった。

今日のバスケ部の朝練に京介くんは姿を見せなかった。朝講習を終えたエナが京介くんと遭遇して、朝練はどうしたのか彼女が訊くと、寝坊したと答えた。

「着信したメッセージを放置するとか、寝坊して朝練に行かないとか、そんなにおかしいことなのか?」

彼は、洋梨のタルトを見つめたまま訊く。彼のお気に入りなのだろうか、洋梨のタルトはこれで三個目だ。

「京介くんはとっても律儀《りちぎ》で几帳面な人なの。こんなこと、知り合ってから初めてだよ」

「そうか、僕と同じタイプかもな」

「え?」

「僕も毎朝五時四十三分に、寸分違わぬ正確さで起床するんだ。目覚まし時計なんていらない」

「同じじゃない、同じじゃない」

わたしはわざわざ二回繰り返して、彼の言うことを否定した。早起きくらいでこんな変人と同じタイプ扱いでは、京介くんもたまったものではない。

早起きの件はどうでもよくなったらしく、彼は黙って口元に掌《てのひら》を当てて、なにか考え始めた。

しばらくの沈黙の後、

「日曜日の夜、真史が送ったメッセージには、今も既読がついていないのか?」

「ううん。朝のホームルーム前にスマホを覗いたら、既読ついてた」

歩は小さく頷《うなず》き、視線をエナへ移す。

「おい、そこの、ええと……」

「栗山だけど」

「栗山、君は朝講習を終えて教室を出たところで、岩瀬京介に会ったと言ったな。朝講習はもちろん強制ではないだろ？」

「うん。参加の申し込みをした人が、指定の教室に集まるの」

「栗山が朝講習を受けた教室は、岩瀬京介のクラスなのか？」

「そうだけど……京介は二年B組だから」

「なるほど。岩瀬京介は自分のスマホを回収するために、わざわざ廊下で待っていたわけか。回収後、真史からのメッセージが通知されていたため、確認し既読をつけた」

「えっ、待って」

ちょっと納得できない。

「京介くんが日曜日にスマホを教室に忘れていったっていうの？　たしかにそれなら、わたしが送ったメッセージへの反応が遅かったことは説明がつくけどさ。日曜日は当然授業なんかなくて、わたしたちはずっと体育館にいたんだよ」

「岩瀬京介は途中で部活を抜けて教室へ行き望月や担任と話をしていたって、今言ったじゃないか」

「先生のいる場でスマホを出して、しかも置き忘れてくるってどんな状況？」

「ゲームでもしてたんだろ」

「真面目に答えて」

「僕はいつだって真面目さ。スマホでどんなことができるか、思い浮かべてみろよ。岩瀬京介は、スマホをわざと置いてきたんだ」

「単に、金曜日に置き忘れた可能性は？」

と坂田くんが彼に問う。

「日曜日には学校に行ったのに、どうして月曜日まで放置するんだ。メッセージにマメに返信するような奴が、スマホを二日も放っておいたと考えられるか」

徐々に彼の言葉が熱を帯びてきた。ちょっと気分が乗ってきたのだろうか。

「いや、それを言ったら日曜日に置いてきた場合にしたって同じことでしょ。夕方から翌朝までって、結構な時間だよ」

わたしはそこまでスマホにべったりという生活を送っているつもりはないけど、半日近く手元にスマホなしで過ごすなんて想像もつかない。

「もちろん本人は、その日のうちに回収するつもりだったろうさ。ところが校内で時間をつぶしていたところ真史たちと会ってしまい、マクドナルドに行かないかと誘われて断ることができなかった」

「断る必要ないでしょ、忘れ物取りにいくからちょっと待っててと言えば済む話じゃない」

あなたのように対人関係を円滑に進められない人間にはわからないでしょうけど。エナはそう言いたげだ。

「なにを忘れたのって訊かれたらどうする。バカ正直に、教室にスマホを忘れただなんて言ったら、君たちも不審がるだろ。

体育館にジャージを忘れたとか、トイレに行きたいからとか嘘でもついてごまかして教室に行ったところで、どのみち教室に誰かいたら回収できないんだ。

それなら、その日のうちに回収するのは諦《あきら》めマクドナルドに行き、君たちからの穿鑿《せんさく》を避ける方が賢い。

岩瀬京介にとって計算外だったのは、メッセージを見ていない、部活の朝練に来ない、そんな程度のことで、結局余計な穿鑿をされてしまっていることだな。お堅い人間性が、仇《あだ》になったわけだ」

エナと坂田くんはなにかを察したのか、俯《うつむ》いて暗い表情をしている。

わたしだけがまだイマイチ、彼の言うことがストンと頭に入ってこない。

「どうして教室に人がいたら回収できないの？　歩は結局、なにが言いたいの？」

「岩瀬京介は、スマホで望月と教師の会話を録音していたんだよ」

それは、いわゆる盗聴ではないか。京介くんがそんなこと……。

戸惑うわたしに構わず、彼は続ける。

「まず日曜日、体育館に望月が現われ、岩瀬京介が呼び出される。この時点でおかしいじゃないか。金曜日の揉め事は、指揮者の謝罪と降板によってカタがついている話だ。わざわざ日曜日に望月が再度岩瀬京介に謝罪する必要はないし、岩瀬京介に伴奏に戻って欲しいという話なら、月曜日以降でもまったく問題はない。彼が復帰したところで、文句のある奴なんていないだろうからな。

月曜日を待たず、クラスメイトの目を避けて早急に話をつけなければいけない事情が望月にはあったということだ。それは指揮者は誰がやるのか、ということ。

望月を降ろすなら、新たな指揮者を一刻も早く任命し、練習させる必要がある。伴奏者はピアノ経験者がやるものだが、指揮者は指揮の経験者がやるわけではない。経験があったとしても、それは一年前の合唱コンだろう。坂田、君は合唱部で指揮をすることもあるのか？」

「一応あるけど、機会はそう多くはない。急に引き受けるとなると大変だよ」

「やはり急遽《きゅうきょ》任命される可能性を考えると、指揮者の方が負担は大きいと言える。望月はそういう風に担任を説得して、共犯関係にもつれ込ませたんだ。

自らの失言のせいで要らぬ負担を別の生徒に強いておきながら、後になってやっぱり指揮をやりたいなんて話、通ると思うか？　そこでさらに教師が強権を発動させたところでクラスの不満は収まるわけないし、より大きな揉め事に発展する可能性がある。月曜の朝、新たな指揮者を指名する間もなく復帰するのが、望月に許されるギリギリのタイミングなんだ。最後のチャンスで揉めないために、金曜日に激昂した岩瀬京介と事前に話をつけておきたかったんだよ、望月は」

なんというか、馬鹿な話だ。

「くだらないね」

思わず呟く。

「ああ、愚の骨頂だな。

岩瀬京介は、体育館で呼び出しを受けた時点でおそらく気がついたんだ。望月の目的は謝罪や岩瀬の伴奏の復帰ではなく、自らが指揮者に復帰するための根回しにある、とね。教室には、望月や教師、もしかしたら望月の保護者もいたかもしれない。もしくは、岩瀬京介が来る前にいたのか。生徒個人が、一度は正当な判断を下した教師を翻意《ほんい》させられるとは思えない。

岩瀬京介は、録音アプリを起動させた状態でスマホを机の中に滑り込ませた。ここまでできれば、あとは口実をつけて早く教室から出るだけだ。まさか岩瀬京介に対して堂々と、望月と教師の間に汚い取引がありますなんて暴露するはずがないからな。形だけの謝罪を聞き流し、望月からもう一度指揮者に復帰することを承諾してくれないかと問われても、もう興味はありません、どうぞご自由にという態度で教室を出る。

自分の出ていった教室で、望月たちは安堵し汚い取引を裏付ける発言をポロっとしてしまう。岩瀬京介はそうなるだろうと踏んだんだ。

そして週の明けた今日、岩瀬京介はスマホを回収して録音した音声を聞いてみると、狙い通り愚か者たちの悪行が記録されていた。岩瀬京介の怒りと、望月らに対する制裁への自信の根源が、その録音音声だ。

「……とまぁ、そんなところじゃないか」

筋は、通っているように思える。

エナも坂田くんも、彼の推論に納得させられたのか、特に反論する様子もない。

歩は気が済んだのか、みるみるうちにテンションが落ちていき、静かに手を上げお姉さんを呼ぶと、さらに洋梨のタルトを注文した。いくら好きでも食べ過ぎだ。

「京介くんは、その音声をどうするつもりなんだろう……」

彼は黙々と、洋梨のタルトを口に運んでいる。彼に訊いたつもりだったんだけど、一人言のように思われたのかもしれない。

「それ、おいしい？」

「ああ、美味《うま》いぞ」

お、反応した。このあいだは、苺《いちご》のショートケーキの感想は言ってくれなかったのに。

「優美な香りに上品な甘み、しっとりとした官能的な口当たりの洋梨をふんわりと甘さ控えめに仕上げたカスタードクリームが支える……タルト生地をザクザクと一口ずつ嚙《か》みしめる度《たび》に陶然《とうぜん》としてしまうよ」

割と熱のこもった感想をくれて、わたしも洋梨のタルトが食べたくなった。でも、いくら半額とはいえ彼のように無節操に注文できるわけじゃないし、これから晩ご飯も食べるのにさらにケーキを食べるのは……。

「わたしと半分こしない？」

エナがわたしを見て、そう提案してくれた。

「さすがエナ、名探偵だね！」

「ウミの顔に食べたいって書いてあっただけだよ」

「岩瀬京介が録音音声をどうするつもりなのか、だけどな」

急に歩は、さっきのわたしの問いに反応した。やりにくいなぁ……気分屋にもほどがある。

「そこまでは、わからないよ。知りたければ本人に訊け。前にも言ったが、推論だけで全てを見通すことはできない」

「京介、相談してくれればよかったのに……」

エナがぽつりと呟く。

「というか、今からでもいいのにね。京介くんは一人で抱え込み過ぎだよ」

「岩瀬京介の――」

珍しく、歩が言い淀《よど》んだ。

「岩瀬京介の行動には大義があるとはいえ、端《はた》から見ればかなり狡猾《こうかつ》だ。そういう姿を、君たちには知られたくなかったんじゃないか。

別に根拠があるわけじゃない。僕が、そう感じただけだ」

翌々日、京介くんは普段通りバスケ部の朝練に参加した。

「京介くん」

なんとなく気後れして訊ねられずにいたわたしは、練習終わり、意を決して京介くんを呼び止めた。

「あの……」

呼び止めたはいいものの、なんと言えばいいのか。

「その、愚痴とか悩みとか、いつでも聞くからね。わたしじゃなくても、エナでも総士くんでもいいし」

「随分突然だね」

京介くんは戸惑っているようだった。

「でも、ありがとう」

「本当に言うんだよ！」

一人で、危なっかしいことはしないで欲しい。

「……ウミって、結構鋭いんだな」

「いや、そんなことは」

鋭いのは、わたしではない。

「俺の様子、ちょっとおかしかったよね。

実は最近ものすごく腹の立つことがあったんだ。俺ってこんなに怒るんだって、自分でも驚いたくらいに。なんとかして思い知らせてやろうと、そればっかり考えてた。実際そうするための方法も、運よく思いついたんだ。相手と刺し違えてでも……そう思ってた」

彼は、ポケットに手を入れた。

「やめにするよ。

俺は、自分のことはどうなってもいいと今の今まで思っていた。でも、そういう考えって、自分のことを気にかけてくれる人に対して失礼だよな」

彼はスマホを取り出すと、なにやら操作を始めた。

「一つだけ訊いてもいい？」

「なに？」

「どうして伴奏しないの？」

京介くんはすぐには答えず、じっくり嚙みしめるように、

「音楽ってさ、お金がかかるんだ。こないだ妹がプロのピアニスト目指してるって言っただろ。俺も去年まで真剣にやっていたんだけど、諦めることにした。才能のない俺が続けることは、妹にとっては邪魔になるんだ。時間もお金も、才能のある人間が優先的に使うべきだ。そう、言い聞かせてはいるんだけどね。

未練はないんだ。去年から始めたバスケもすごく楽しいし、いい友達もできた。

ただ、未練はないけど、情熱は残っていたみたいでね。

どうして俺が、合唱コンの伴奏をやらないのか、それは……」

京介くんは息をゆっくりと吐き出した。

「うちのクラスがやっていたのは、音楽じゃなかったから」

第三話　バースデイ

教室は抑揚《よくよう》のない先生の声と、カンカン鳴るオイルヒーターの音が混じり合い、とても気怠《けだる》い。

十一月に入ると、もうマフラーや手袋の欠かせない日が続く。この冬スノーボードを始めたいと思っているから山にはたくさん雪が降って欲しいけど、できれば平地には一ミリたりとも積もって欲しくない。

ただでさえすっかり日が短くなったところで、朝からどんよりとした重たい雲に光を遮《さえぎ》られては気が滅入《めい》る。なぜ北半球と南半球の季節が逆になるのか思い出そうとしているうちに意識が遠くなり、気づいたら授業は終わっていた。

「今週の土曜日、どこか行こう！」

田口総士くんはマックでポテトを食べながら、熱っぽい口調で言った。こんな天気でもテンションが変わらないので、少し羨《うらや》ましい。

「うん、いいんじゃない」

スマホをいじりながら片手間に返事をするエナに、総士くんは不満そうだ。

「おい、なにか大事なことを忘れてはいないか」

「ウミ、なにか知ってる？」

「ううん」

「薄情な奴らだ。京介はもちろん覚えてるよな？」

「日本シリーズ？」

「関係ないよな！　四人でどこか行こうって話と、全然関係ないよな！」

京介くんはちょっとニヤついている。彼なりの冗談だったのだろう。

仕切り直すように総士くんは咳払《せきばら》いをする。

「先週迎えた誕生日で、俺は十四になりました！」

言われて思い出した。そういえばそうだ。

「あれ、来月じゃなかったっけ」

「どこ情報だよそれ、もっと俺に興味持てよ！」

「だって、クリスマスと近いから、いつもプレゼントは一個しか貰えないって」

「エナ、それはたぶん木村《きむら》先輩の誕生日だよ」

京介くんが冷静に指摘する。

「ひどくない？　みんなの誕生日はちゃんと祝ったのに！」

エナは冗談ではなく、本気でそのように記憶していたみたいだ。たぶん、総士くんに関する思い出を「その他」のフォルダに入れていて、他の人の思い出と混ぜてしまったのだろう。

わたしとエナと京介くんの誕生日は、偶然にも五月のゴールデンウィークに集中している。せっかくだからということで、今年は総士くんも交《まじ》えて四人で映画を観に行ったのだ。ものすごく混んでいたので結局席がバラバラになってしまったけど、ささやかなプレゼント交換もして楽しかった。

「ごめんね、総士くん。来年はちゃんと覚えてるようにするから」

「来年の今頃なんて、受験で忙しくてそれどころじゃないだろ。だからこそ今年、田口総士生誕祭をやるんだよ！」

「祭りではないでしょ」

エナのツッコミなど気にせず、総士くんは話し続ける。

「海に行きたい！」

「え、海？」

海といっても、海水浴シーズンはとっくに終わっている。

「サーフィンでもする気？」

それなら、一人でやって欲しい。わたしはやりたくない。

「違う違う。海を見に行くんだよ」

「眺《なが》めるだけ？」

「ああ、そうだよ」

「それって面白いの？」

「あのなぁ」

総士くんは大げさにかぶりを振ってみせる。

「夏に人がわんさかいる海は、海じゃない、人だ。今の時期の海はほとんど人がいないから、じっくり海を楽しめるんだよ」

「なに言ってんの、よくわからない」

エナがため息をつく。

「とにかく、海行くぞ！」


その週の土曜日、みんなの家からも近いということで、わたしたちはＪＲ発寒《はっさむ》駅に集合した。天気はあいにくの雨で、冬の到来を予感させる冷たい風も相まって、行楽には最悪なコンディションになった。

「晴れた日に行くよりも思い出に残るよ、きっと」

集合場所に一番乗りしていた京介くんは、そう言ってわたしたちのことを迎えた。

「もってないなー総士くん」

「わたしたちの誕生日のときは晴れてたよねぇ」

わたしとエナがからかうと、

「これくらいがちょうどいいんだよ！」

と総士くんは妙に自信ありげに言うのだった。

総士くんの海に対するモチベーションは一体なんなのか。今ならまだ札幌《さっぽろ》駅方面行きの電車に乗り、街中で遊ぶことも可能だ。でも、お誕生日様がこうもやる気だと「海に行くのはやめよう」とは誰も言えない。

わたしたちは、予定通り海を見るべく小樽《おたる》方面行きの電車に乗った。

電車は札幌市から北西の方角、石狩《いしかり》湾へ向かう。二十分もしないうちに到着する銭函《ぜにばこ》駅で降りれば簡単に浜へ行けるのだけど、「俺の誕生日祝いという特別なイベントでそんな近場はイヤだ」とお誕生日様がわがままを言うので、仕方なく通過する。

銭函駅を越えると、しばらく電車は石狩湾沿いを走る。線路と海を隔《へだ》てる陸地は僅《わず》かで、進行方向右手側の車窓からは一面大迫力の海が眺望《ちょうぼう》できる。別にこれから海に行く必要はないんじゃないかというくらいに。

オーシャンビューといっても、青い空、青い海といった旅行のパンフレットに載っていそうな景色とはほど遠い。今目の前に広がるのは北の海、日本海だ。北西から吹く季節風を受けて、鈍色《にびいろ》の海は不安定にうねっている。

小樽には四十分ほどで到着する。ここでわたしたちは長万部《おしゃまんべ》方面行きの列車に乗り換え、さらに西へ向かう。この路線は一時間に一本程度しか走っていないので、乗り遅れたら大変だ。というか、実のところ小樽で遊べるのならそれはそれでいい。北一硝子《きたいちがらす》でガラス工芸品を見たい。どうしてわたしたちは、オフシーズンの、しかもこんな天気の悪い日に海へ行こうとしているのだろう。

目的地は余市《よいち》。

どうして余市なのか総士くんに訊《き》いてみたら「地図を見て、なんとなく」と返ってきた。宇宙飛行士である毛利衛《もうりまもる》さんの故郷であることや、ニッカウヰスキーの余市蒸溜所があるなどの下調べはまったくしていないようで、「こんなことに付き合うのは今年だけだからね!」とエナは三回くらい総士くんに言っていた。

乗り継いだ二両編成のワンマン列車に揺《ゆ》られること二十分強、出発地点の発寒から一時間ちょっとの行程を経て、わたしたちは余市駅に降り立った。

余市の空も札幌同様、どんよりとした雨雲に支配されている。わたしたちはめいめい傘を広げて、駅舎の外に出た。

「ウミ、さっきも言おうと思ったんだけど、女子の傘にしては随分おっさんくさいな」

「わたしのじゃないよ！　家にあるやつをテキトーに持ってきただけ。こないだ、お気に入りの傘なくしちゃって……」

わたしは、紺色のくたびれた折りたたみ傘を恨《うら》めしげに見上げる。エナのさしている傘がレモンイエローのお洒落《しゃれ》なやつなので、余計にわたしの傘がみすぼらしく見える。

他人様の傘に苦言を述べる総士くんの傘はというと、綺麗な空色の折りたたみ傘だ。普段はアホなのでつい忘れがちになるけど、彼は女子に人気なのだ。ちょっと気の利いた傘を持っているあたりはさすがだ。背が高くて、顔が少しばかり整っているからというだけでモテているわけじゃない。

京介くんの傘は、深緑色で大人な雰囲気が漂《ただよ》っている。わたしだけテキトーな傘を持ってきてしまったことへの後悔が増す。

駅前の小さなタクシープールを横目に進み横断歩道を渡ると、余市観光協会があった。ここで余市観光のレクチャーでも受けられればと思ったけど、前を歩く総士くんはあっさり通り過ぎ、すぐ前方の十字路にさしかかる。

「海はどっちなの？」

総士くんに訊くと、彼はスマホを見たまま「まっすぐ」と言ったので、わたしたちは信号を直進する。

「ねぇ、海見た後どうするの、すぐ帰るの？」

そう言ったエナから、かすかに白い息が漏《も》れる。秋の終わりというよりは、冬の始まりといった寒さだ。

「あー、どうしようか。せっかく来たのにそのまま帰るのもあれだよな」

中身のない総士くんの答えに、エナはわたしと顔を見合わせてから、

「そんなんで彼女とのデートはどうしてるの？　もしかして、デートプランは相手に丸投げ？」

「バカ！　彼女と出かけるならリサーチにリサーチの上、リサーチだぞ。無計画なのは、お前らとだから！」

いや、わたしたちのことももっと大事にして欲しい。こんな天気の日に、本人すらよく知らない土地まで連れてきて、海に行こうもないものだ。

信号を渡ってまっすぐ歩いていると、石造りの壁に赤い三角屋根が見えてきた。余市蒸溜所だ。蒸溜所も越してさらに直進すると「道の駅　スペース・アップルよいち」という看板が目に入った。

「宇宙記念館か、行ってみたいなぁ……」

京介くんが呟《つぶや》いた。

「あとでな！」

総士くんはずんずん進んでいく。十四歳になりたての彼の脳みそは、すっかり海水に浸《つ》かっているようだ。

二十分ほど歩いて、ようやく「浜中《はまなか》モイレ海水浴場」に到着した。嬉しいことに、歩いているうちに雨は上がっていた。海にきてもわたしたち以外誰もいないものとばかり思っていたけど、同い年くらいの女の子二人組が砂浜でなにやら話をしているのが見える。その他にも、散歩しているおじさんが二人いる。

海水浴場というくらいだから夏場は海も穏やかなのだろうけど、今わたしたちが目にしているのは、白波を立てて激しくうねる鈍色の海原《うなばら》だ。危なくて近寄れないというほど時《し》化《け》ているわけじゃないけど、寄せては返す波にはかなり見応えがある。

「迫力あるなぁ」

「だろ？　京介はわかってくれると思ってた！」

石段を伝って男子二人が砂浜に下りていく。

「靴の中に砂、入らないかな」

「雨で湿ってるから大丈夫でしょ。その点では、雨が降ってよかったよね」

そう言って、エナは砂浜に足を踏み入れた。わたしも後に続く。湿った砂を踏みしめると足が僅かに沈み込む。

「波がすごいね。誰かが桶《おけ》を揺すっているみたい――」

わたしの声は轟音《ごうおん》にかき消された。

巨大な波が消波ブロックにぶち当たったのだ。

「すげぇー！」

興奮しているのは総士くんだけではない。エナもわたしも京介くんも、消波ブロックに衝突しては砕け散る波に息を呑《の》んだ。

「『あしたのジョー2』のオープニング曲の歌詞みたいだ……」

総士くんは恍惚《こうこつ》としている。

「そうなの？　漫画は読んだことあるんだけど」

京介くんが訊くと、

「アニメも見ろ、絶対！」

ものすごい熱量で総士くんが答える。

わたしは漫画の方も読んだことがない。学校の図書室で、『ブラック・ジャック』の隣に置いてくれればいいのに。

「エナは知ってる？『あしたのジョー』」

「ううん。お父さんは好きだけど」

男の血をたぎらせるなにかがある作品なのだろうか。

水は次々と姿形を変え、一つとして同じ瞬間がない。海というものがこんなにも、飽きずにずっと見ていられるものだとは、ここに来るまでは思わなかった。たしかに、こうやってあまり人のいない海岸でじっくり眺めなければ、こういう楽しみ方はできない。寄せる波は砂浜を浸食し、ブクブクと細かな泡を残して引いていく。

「ちょっと歩こう」

総士くんが、湿った砂浜を海岸に沿って歩き始める。その後を、わたしたちもついていく。

わたしはエナの肩を叩き、少し身を屈《かが》めて耳打ちした。

「総士くんがモテる理由、ほんの少しだけわかった気がする」

エナは頷《うなず》いた後ちょっと背伸びをして、わたしの耳元に唇を寄せる。

「そうだね。わたしはごめんだけど」

灰色の重たい空にカモメが舞う。

お腹がすいたのでコンビニでもないか探してみると、京介くんがセイコーマートを見つけた。そこで買い物をして菓子パンを頬張《ほおば》りながら、またしばらく海を眺めた。なんだかんだいって、こういう光景を飽きずに見ていられる感性が似ているから、わたしたちは一緒にいられるんだと思う。

結局わたしたちは、その後も二時間くらい海岸で過ごした。

「寒い……。なんであんなに海岸にいたんだろう……」

わたしの口から思わず泣き言が出る。再び雨が降り始めたところで、みんな我に返った。

「海岸を散歩する人はたまにいたけど、わたしたちみたいに意味もなく長居する人なんていなかったよね」

そう言うエナの傘を持つ手は、かじかんで震えている。かわいそうに。

思っていた以上に海で時間を費やしてしまった。すっかり忘れかけていたけど、総士くんに誕生日プレゼントを渡すというイベントがまだ残っている。はるばる余市まで来たのに、プレゼントを札幌市で渡すというのも締まらない。

もうあまり時間がないので、駅に近い余市蒸溜所に行こうとお誕生日様が提案し、他の三人も特に異論はなく同意した。とにかく体が冷えたので、室内に入ればどこでもよかったのだ。

元来た道を引き返し、駅にほど近い余市蒸溜所に入る。嬉しいことに入場料は無料だ。余市に来るまでの交通費で結構お金を使っていたので、ありがたい。無料でウイスキーを試飲できる施設があり、そこにはソフトドリンクの用意もあるらしいので、未成年のわたしたちだけでも帰りの列車の時間まで過ごせそうだ。

ベルのような形をしたポットスチルの炉《ろ》に石炭をくべる様子や、ニッカウヰスキーの創始者、竹鶴政孝《たけつるまさたか》とその妻リタが暮らしていた旧竹鶴邸などを見学しつつ、敷地の一番奥にあるニッカ会館を目指す。試飲会場は、この建物の二階にある。

土曜日ということもあって悪天候ながら見学者はたくさんいたけど、会場は広々としていて席もたくさん用意されているので、ゆっくりできそうだ。

わたしたちは無料のドリンクと自販機で購入したミックスナッツを持って、長方形のダイニングテーブルの一角に陣取った。

「暖かいねぇ」

「ほんと、もう外に出たくない」

わたしとエナがナッツをつまんでいると、なんだか総士くんがそわそわしだした。

「どうしたの？」

わたしが訊くと、

「どうしたもこうしたもないだろ……ほら、あるだろ」

「トイレに行きたいんだよきっと。そっとしとこう」

「エナ、わかってて言ってるだろ！」

明らかにしらばっくれているエナに対して、総士くんはすねてみせる。

「誕生日おめでとう、総士」

京介くんはあっけなくそう言って、自分の鞄《かばん》からプレゼントを取り出した。

あっさりしているなぁ、わたしとしてはもうちょっと引っ張ってみたかった。

「おお！　京介ありがとう！」

「わたしたち三人からのプレゼントだからね」

「わかってるよ、ウミ。二人もありがとう！」

総士くんが包装紙をとめているシールを剝《は》がす。普段の性格を知っていると、丁寧《ていねい》な手つきが少し意外だ。

「総士くんは、こういう包装紙を丁寧にとっておくタイプ？」

わたしがそう訊くと、

「そうだな。こういうのって、貰ったときの情景もプレゼントの一部だと思うんだよ。何年か後に包装紙を見て、ああ、あの日海を見に行って、誰も酒なんか飲めないのにウイスキーの試飲会場にもぐりこんで、ナッツを食べながら誕生日を祝ってもらったなぁ、なんて思い出せたら、いいよな」

「総士ってさ」

エナが結構改まった様子で、

「海に行こうって言い出したときから思ってたけど、かなりロマンチストなんだね」

「悪いか」

「別に。悪かないよ」

普段は学校で、たまに遊びに行くとしても近所や札幌駅周辺に行くくらいだ。こうしてちょっと遠出して初めて目にする友人の一面は、とても興味深い。

総士くんは包装紙を綺麗に剝がして中身を取り出す。スケジュール帳が出てきた。

「おおー、今までこういうの使ったことなかったけど、ウミやエナが使ってるのを見て、いいなぁとは思ってたんだ」

スケジュール帳を眺める総士くんにエナが、

「来年受験だから、ちゃんと活用してね。総士が一番勉強頑張らなきゃいけないだろうし」

「うるせぇ！」

ちょっと耳が痛い。エナと京介くんは余裕だろうけど、わたしも結構勉強を頑張らないとまずい。

「でも感動したから、写真でも撮ろうかな」

総士くんが鞄からスマホを取り出すと、京介くんがあることに気がついた。

「スマホカバー替えた？」

見ると、レザー調で綺麗なオレンジ色をした、手帳型のスマホカバーだ。

「あ、気づいた？」

普段より高い声で、総士くんは反応した。

「これはな、先週彼女から貰ったプレゼントなんだ！」

総士くんはスマホカバーを愛《め》でるように見つめる。

「奏《かなで》はさ、センスがいいし、俺の言ったこともよく覚えているんだ。新しいスマホカバー欲しいなあって、三ヶ月くらい前にちょっと話しただけなんだぜ」

「あまりにボロボロで見るに堪《た》えなかったんじゃない？」

エナがクルミをつまみながら茶々を入れるも、総士くんは気にせずに惚《のろ》け続ける。

「先週の土曜日も奏と一緒に出かけたんだ。もちろん、こんな無茶苦茶な小旅行じゃなく、街で映画を観ただけだけど。

俺はさ、二年前に公開されたハリウッド映画の続編が観たかったんだけど、奏は前作を観てないって言うから、それは今度でもいいかなって思ってたんだ。

だから、奏の観たいものでいいよって提案したんだけど、俺の誕生日のお祝いだから俺の観たいものにしようって言ってくれて、わざわざ前作をレンタルして予習してきてくれたんだよ。めちゃくちゃ嬉しかったけど、そこまで気を遣わせてしまって申し訳なくもなったなぁ」

十四歳のわたしが言うのも変だけど、総士くんの彼女さんは今時珍しい、随分と古風な女の子のようだ。いくら恋人の誕生日だからってそこまで合わせなくても……いや、現にわたしたちだって、お誕生日様のご意向に添って余市くんだりまで足を運んでいるか。

総士くんの熱量と押しの強さを、わたしたちも彼女さんも跳ね返すことができないだけかもしれない。

「奏の誕生日のときはな——」

総士くんは列車の時間がくるまでずっと惚け続けた。

試飲会場から出ると、小雨になっていた。


翌日は、朝からちらほらと雪が舞った。まだ十一月だというのに、真冬並みの寒波が北海道全域に到来していると天気予報士は言っている。クリスマスも通り越して、年末年始のようだ。今年は早めに雪が積もるかもと思ったけど、翌週以降は平年並みの気温に戻るという。

雪降りしきる一週間が過ぎると予報通り気温は多少上がったけど、気持ちよい秋晴れという日はなく、天気はずっとぐずついている。

週の初めから金曜日まで冷雨が続き、先週積もった雪は全て消えた。

「あー、もうイヤだ……」

体育館から外の雨を眺め、エナはふてくされる。

バスケ部の活動はあまり天気に左右されないとはいえ、こうも雨続きだと室内にいても心がジメジメとしてくる。夜中に自分の部屋でベッドに横になって聞く雨音は心地いいけど、これから雨の中歩いて帰らなければいけないと思うと、やり場のない怒りさえ湧く。

「晴れろー」

「誰に言ってるの、それ」

そんなの、わたしにもわからない。

練習が終わり、明日の予定をエナと話し合いながら昇降口へ行く。週末の帰りの足取りは、いつだって軽やかだ。

「誰かいるね」

エナが言うのとほぼ同時に、わたしも気がついた。

髪の長い女子が一人こちらに背を向け、庇《ひさし》の下に立っている。

「雨宿りかな？」

「朝からずっと雨なのに？」

それもそうか。傘も持たずに外出するなんておかしい。

「誰か待ってるんでしょ」

それ以上は特に興味もなく、靴を履き替え昇降口の扉を開ける。傘を開いて外に出ようとしたところで、先ほどのロングヘアの子に声を掛けられた。

「あの、バスケットボール部の方、ですよね？」

わたしたちは、そろって女子の方を向いた。

「えっ、どうして――」

思わず声を上げてしまう。どうしてバスケ部だとわかったのか。

「ウミ」

エナが、わたしが肩にかけているエナメルバッグを指さしてみせる。校名の後に『籠《ろう》球部《きゅうぶ》』と刺繍《ししゅう》されているのだ。なるほど。

庇の下に佇《たたず》む女の子は思わず息を呑んでしまうような、綺麗な人だった。睫毛《まつげ》が長くて、栗色の瞳には透明感があり、どこか大人びている。ロングヘアはわたしよりさらに長くて、背はエナより少し高い。

「総士――じゃなくて、田口くんはまだ学校にいますか？」

「いると思いますよ。用事があるなら呼びましょうか？」

「えっ、いや、えーと……」

エナが答えると、
女の子が少し狼狽《うろた》える。

「あっ、あの、わたし、有原《ありはら》奏といいます」

「……海砂真史です」

「栗山英奈です」

なんだ、この自己紹介タイムは……と思ったところで、どこかで聞いたことのある名前だと気がつく。

「もしかして、そう――田口くんの彼女？」

「……はい」

ちょっと気を遣って総士くんのことを名字の方で言い直したエナに対して、有原さんは恥ずかしそうに答えた。

「海砂さんと栗山さんのことは、総士くんがたまに話してくれます。仲がいいんですよね？」

思わず返答につまる。彼女さんに向かって「わたしたち、総士くんと仲良しです！」なんて言って、面倒なことにならないだろうか。かといって先々週、一緒に余市まで行っておいて「言うほど仲良くないですよ」でもないだろう。

「まぁ、仲はいいよね」

エナに同意を求める。

「そうだね。京介くんを含めて、たまに四人で遊ぶよね」

有原さんはなにかを言いたそうに、その場に立ち尽くしている。

わたしたちもなんだか変な空気に呑まれてしまい、動けなくなった。意図せず見つめ合う格好になる。

最初に動いたのはエナだった。わたしの背中をポンと叩いて、

「もう行こうか」

と言う。その途端、有原さんの綺麗な顔が少し歪《ゆが》んだ。

「えっ」

わたしたちは固まってしまった。

なぜなら、有原さんの瞳にみるみる涙がたまって、零《こぼ》れ落ちていくからだ。

「あの、大丈夫？」

思わず声を掛けてしまった。

すると有原さんは涙を拭《ぬぐ》い、赤みのさした目でわたしたちを見た。

「最近、総士くんの様子に……なにか変わったこと、ありますか？」

ちょっと考えてみる。特に思い当たることはない。

「ええと、わたしが知る限りそんな様子はなかったような。エナはどう？」

「いつも通りだと思うよ。いつも通りのア――」

エナはすんでのところで口を噤《つぐ》んだ。さすがに、涙を流している恋人の前で彼氏を「アホ」呼ばわりはまずい。

「そう……ですか」

有原さんは肩を落とす。

「総士くん……最近わたしと会ってくれないんです」

「最近というのは？」

「ここ一週間くらい、ですかね」

一週間って。そこまで落ち込むほどのことだろうか。

「日曜日と火曜日に会う約束をしていたんですけど、急にキャンセルされてしまって……」

うちの部活は日曜日は十六時までで、火曜日は休みだ。いつも通り、今週も休みだった。

総士くんはなにか別の用事でもできたのだろうか。

前に総士くんからも聞いていた通り、有原さんは他校の生徒だ。うちの制服でないことからも、それは明らかだ。練習試合で対戦した相手チームのマネージャーらしいけど、一体どんな手を使ったのか。それはともかく、有原さんだって部活があるだろうし、お互い予定を合わせるのは結構難しそうだ。

「今まで、こんなことはなかったんです。なにかあったのか訊いても、なんだかお茶を濁《にご》す感じで……。もしかして、なにか悩みがあるんじゃないかと……」

うーん。総士くんのあの性格なら、本人は悩みを隠していつも通りのテンションでバスケをしているつもりでも、わたしたちが気づいておかしくないと思うけど。もしかして、海に行きたいって言い出してわたしたちを余市に誘ったのは、ものすごく深い理由があったのだろうか……。

「心配するようなことはないと思いますけど。本当に普通でしたよ」

エナの言う通りだ。ちょっと風邪をひいたくらいで大げさに苦しがるような人だし、何かあったら言うはずだ。

「わたしの他に、好きな人ができたとか……」

「いや、それはないでしょ」

二人ほぼ同時に声が出た。

総士くんは基本的に、感情がだだ漏れの人だ。クラスも部活も同じだけど、そういう素《そ》振《ぶ》りはまったく思い当たらない。わたしの言うことは当てにならないかもしれないけど、エナも「ない」と言っているのだから、ないと思う。

大体、あれだけ彼女さんからプレゼントされたスマホカバーを自慢しておきながら、想いは他の女性にあるのだとしたら、総士くんは女の敵であり、いつか誰かに刺されるだろう。

一日千秋《いちじつせんしゅう》なんて言葉があるけど、彼女にとってはそうなのかな。とりあえず、こんな綺麗な人に余計な心配をさせてしまう総士くんは、罪深い奴だ。

そんなことを考えていたら、昇降口の扉が開く音がした。

「あっ、奏！」

有原さんが振り返る。

「総士くん」

「なんだよ、学校まで来て。ずっとここで待っていたのか？」

「でたよ、王子様。いいタイミングだこと」

エナが皮肉たっぷりに言うものだから、わたしは思わず笑ってしまった。

「なんだよ、お前らもいたのか」

王子様がこちらにも目をよこした。

「あの、総士くん、大丈夫？　いきなり来て迷惑なのはわかってるんだけど……心配になっちゃって……」

「いや、心配ってなんだよ。なんでもねぇよ。ちょっとな、ペットの体調が悪かったんだ」

「えっ、もしかして……」

有原さん同様、わたしもなんだか嫌な予感がした。総士くんの家で猫を飼っていると聞いたことがあるけど、もしかして――。

「いや、ちょっとした風邪だったから、全然問題ないよ」

有原さんは少しほっとした表情を浮かべる。

「そっか。あの……明日は部活あるの？」

「いや、ないよ」

「それじゃあ、明日は会える？」

「もちろん」

なんだか見てるこちらが恥ずかしくなるくらい、有原さんの顔が華やいだ。

「帰ろっか」

隣でエナがボソっと呟く。

「うん」

思わぬ形で観客となってしまったわたしたちは、くるっと反転して校門へと向かう。

帰り道、エナが空を指さして言った。

「あ、星が出てるよ」

「本当だ。この調子で明日も晴れればいいね」

明日はわたしたちも、街に出かける予定なのだ。札幌市中心部は地下施設を利用すれば大体の用事は済むけど、どうせなら晴れて欲しい。天気が悪くてよかったかもと思えたのは、先々週余市で海を見たときくらいだ。

スマホで天気予報を見てみると、明日は曇《くも》りのち晴れだった。

「もう雨じゃなきゃなんでもいい」

エナは力なく呟いた。

「これ、総士のスマホカバーと同じやつじゃない?」

翌日、わたしたちは街中で雑貨屋さんをあちこちまわっていた。駅ビル内のお店でエナが見つけたそれは、たしかに総士くんが持っていたものと同じだった。

「これさ、京介の分も買って、わたしたち三人も総士と同じスマホカバーにしない?」

「なにその嫌がらせ!」

それはあんまりだ。わたしは吹きだしてしまう。

「ツボだった?」

予想以上にウケをとれて気をよくしたのか、エナはちょっと嬉しそうだ。

「総士は笑ってくれそうだけど、うっかり有原さんに見られたらまずいね」

「大変なことになりそう。あんなに一途《いちず》な人が総士くんのことを考えて選んだモノを、わたしたちが面白半分に買っちゃだめだね」

その後もいくつかお店をまわったり、スタバに入ってお茶したりしている間、忘れかけた頃にエナは「四人でオレンジ色のスマホカバーにしようよ」と言ってはわたしを笑わせた。あとで振り返ってみて、なにがそんなに面白かったのかはわからないけど、友人とのバカ話なんてそんなものだ。

わたしとエナが今歩いている地下歩行空間は、地下鉄さっぽろ駅と大通駅《おおどおり》を繋《つな》ぐ通路であると同時に多目的スペースとなっている。さっぽろ駅側から入ってすぐ左手にあるスペースで行われている大道芸をチラっと見て、わたしたちは大通公園方向へ向かう。クリスマスシーズンの催《もよお》し物であるミュンヘン・クリスマス市は、まだやっていない。どうせ来るなら、日程を合わせればよかった。

「サンタクロース見たことある？」

「……え？」

突然なにを言い出すのか。親がいつもの部屋着で、枕元にプレゼントを置くところを目撃したことならあるけども。

「クリスマス市に、本物のサンタクロースが来るんだって。フィンランドのサンタ村からわざわざ」

「へぇ、そうなんだ」

フィンランドどころか、クリスマス市にも行ったことがなかったので、そんなことは知らなかった。

「今年みんなで行こうよ。総士の奴は二回行くことになるのかもしれないけど」

「ああ。彼女さんとも行くよね、きっと」

「でも総士の奴、こっちはこっちで誘わなかったら絶対に後で文句言うよ。結構根に持つタイプだから」

エナが言いたい放題言うので、わたしは思わず笑ってしまった。

わたしたちは地下歩行空間を抜け、地下街「オーロラタウン」にあるテレビ塔近くの出口から地上に出た。

「見て、虹が見える！」

わたしは、空に向かって指をさした。

「ホントだ！　通り雨でもあったのかな」

札幌の空には光が差し、七色のアーチが現われていた。

エナは虹から目を離さないまま期待をこめるように、

「なにか良いことあるかもね」

と嬉しそうに言った。

良いことはなかった。

日曜日はバスケ部のために学校へ、月曜日からは当然授業があった。なにが憂鬱《ゆううつ》かと言えば、土曜日に大通公園で虹を見て以来、太陽が姿を現わさないことだ。札幌の空は悪い魔法使いによって呪いをかけられてしまったのか。

でも、そんなことは今日の夕方、目にした光景に比べたらどうでもいいことだ。

火曜日は部活がない。放課後すぐに家に帰り、近所のショッピングモールにでも行こうかと思い立ち、再び外に出た。相変わらず空は曇っていて、ポツポツとどこか水漏れでもしているかのような雨が降っていた。

わたしはなにを考えるでもなく、傘もささずにぼーっとしながら歩いていると、聞き覚えのある声に名前を呼ばれた。

「あっ、ウミ……」

わたしは前方の人物に焦点を合わせる。

「総士くん」

隣にはうちの制服を着た女子がいた。

総士くんは、一つの傘をその女子と二人で使っていた。あの空色の傘は、余市の小旅行で見たものと同じだ。

わたしは二人に背を向け、黙ってその場を立ち去る。

「おい、違うんだ。ちょっと待て！」

わたしは総士くんの彼女ではないので、怒ったり泣き喚《わめ》いたりするつもりはない。ただ、心の中で軽蔑《けいべつ》するだけだ。

あんなに綺麗な彼女との約束をキャンセルしたのは、今の女の子と会うためだったのか。「明日は会える？」という有原さんの問いに「もちろん」と答えておきながら、頭では別の女の子のことを考えていたのではないか。

「おい、待てって！」

総士くんに右肩を摑《つか》まれた。

「触らないで！」

即座に振り払う。

「ついてこないでね」

吐き捨てるように言って、わたしは歩き出す。

総士くんがモテるのは知っている。でもそれは、周りの女子が勝手に盛り上がっているだけで、総士くんはそれに調子を合わせているだけなのだと思っていた。だけど、そんなものは幻想だったようだ。ちょっとばかり顔が整っていて女子にチヤホヤされるような男は、平気な顔をして二人でも三人でも同時に手を出す。

わたしは哀しかった。中学に入ってずっと一緒に部活を頑張ってきた友達が、こんな最低な人間だったなんて。

結局ショッピングモールに行くことなく家に戻り、自分の部屋のベッドに身を投げだした。

どうしよう。

軽蔑するかどうかはわたしの気持ちの問題なので、わたしの自由だ。でも、総士くんや彼の隣にいた女子に説教する権利は、わたしにはない。彼らがどうしようと、その結果どのような報いを受けようと、当人の自己責任でしかない。

有原さんはものすごく傷つくだろうけど、わたしにとってはこないだ一度会ったきりの人だ。連絡する手立てもないし、どうすることもできない。だけど……総士くんと会えていないと涙を流した有原さんの顔、総士くんとデートの約束をしたときの彼女の華やいだ顔が、どうしても頭から離れない。

エナに相談しようとスマホを手にとったけど、やっぱり枕元に置いた。偶然見てしまった他人のプライベートを、当事者でもないわたしがいたずらに広めるべきではないと思った。でも……。

「どうしてわたしだけが、これから総士くんの顔見てイライラしなくちゃいけないの……」

秘密というのは、なるべく抱えたくないものだ。いつ爆発するかわからない危険物に怯《おび》えながら過ごす日々はイヤだ。

翌日、学校でわたしは努めていつも通り振るまった。総士くんに話し掛けられたときを除いて。

周りから見ればそれはいつも通りではないわけで、エナや京介くんからは何度も「総士となにかあった?」と心配された。

わたしと総士くんがケンカしているという噂《うわさ》は、あっという間にクラスやバスケ部内に広がっていく。

冷戦状態は二日続いた。わたしはなんとも思ってないし、なんの問題もありませんという態度を貫こうとすればするほど、心はささくれだっていく。

馬鹿な奴だと切り捨ててしまえば、それで済む話なのだ。ただ、それを拒む自分もいる。

こんな状況に先にしびれを切らしたのは、総士くんの方だった。

バスケ部の朝練に珍しく参加していた総士くんは、練習終わり、京介くんと雑談しているわたしのところに来た。

「ウミ! お前はなにか勘違いしてないか」

わたしはうんざりしながら総士くんの方を見る。

もういい加減、不毛な冷戦をやめにすれば、このモヤモヤも晴れるのではないか。

「たまたま傘を持ってない女の子がいたから、自分の傘に入れてあげただけだって言いたいの? あんな小雨で? それに、あの辺りは総士くんの家とは反対方向だよね。わざわざそんなところまで、なんとも思ってない女子を送ったって言うの?」

「えっ、なんの話?」

事情を知らない京介くんは困惑している。

「違うんだって！　あれは……」

「あれはなんだって言うのさ！」

総士くんは黙り込んでしまった。

「……来週には必ず説明する」

なにを言っているのだ、この男は。どうしていま説明できないのか。それまでに口裏でも合わせるつもりなのか。

「あのね、わたし前から思ってたんだけどさ」

こうなってしまうと、言う必要のないことまで言ってしまう。わかってはいるんだけど、もう止めようもない。

「彼女がいること、なんで公言しないの？　学校で女子からチヤホヤされなくなるのがイヤなんだよね。外では他校の女子と付き合って、学校にいればどこぞのタレントみたいな扱いを受けられる生活が手放せないんでしょ。

わたしに言わせれば、それも勘違いだけどね。あんたなんかよりかっこいい人、札幌駅の往来を眺めてれば、簡単に見つけられるよ」

「ウミ、なにもそこまで……」

板挟みの京介くんが、なんとかわたしを止めようとしてくれるけど、もう無理だ。

「わざわざ総士くんに会いに学校まで来てくれて、あんなに嬉しそうな顔をする有原さんを、こんな風に傷つけるようなことをして、なんとも思わないの？　総士くんが来る前に彼女、泣いてたんだよ。それで平気って、どういう神経してるの？

総士くんは狭い狭い世界の中で粋《いき》がってるだけの、井の中の蛙《かわず》だよ！」

なにか言い返してみなさいよ！

どんなことを言われても倍にして返すつもりで、わたしは身構える。

でも、総士くんはなにも言わなかった。哀しげな顔をして、そのまま黙って立ち去ってしまった。

「……なにあれ！」

総士くんは、見た目や言うことはフワフワしていて、チャラい奴に見えることが多い。けれど、それは上辺《うわべ》だけの話であって、わたしは彼を人として信頼していた。余市に海を見に行ったときも、がさつに見える彼の中にある繊細さを垣間見た気がして、彼への信頼はより深まっていた。それは、エナや京介くんもきっと同じはずだ。

わたしは、幻想を見せられていただけなのか。

信頼していた分の十倍くらい、失望は膨《ふく》らむ。わたしにとってどうでもいい奴だったら、こんなにどうしようもなく哀しい気持ちにはならない。

良い人で友人だと、ずっと思っていたのに。

「……きっと総士は」

そう言って京介くんは少し考え込み、続ける。

「ここで言い返したら、もうウミとの仲が元に戻らなくなると思ったんじゃないかな」

京介くんの言葉に、わたしはなにも言えずにいた。そう簡単に頭は冷えない。

「時間が解決してくれることって、あると思うんだ」

「そうかな」

わたしはまだふてくされている。京介くんに当たってもしょうがないのに。

「きっと総士にも、今は言えない事情が本当にあるんだよ。来週説明するって言ってただろ。総士はちゃんと話してくれるよ。幻滅するのはそれからでも遅くないんじゃないかな」

解決を時間に任せる気にはなれなかった。あるかどうかもわからない総士くんからの釈明を、どうして待つ必要があるのか。総士くんは、時間が経ってうやむやになって、なんとなく関係が修復されるのを待っているだけではないか。

わたしは完全に、頭に血が上ってしまっていた。

「また君は僕が無関係であるのをいいことに、身内の厄介ごとを軽々しく相談する。浮気調査でもしろって言うのか？」

電話口で鳥飼歩が、深いため息をついた。

「大体真史は、その田口総士とやらのなんなんだ?」

解決を時間に任せられないと息巻いたところで、具体的にどうすればいいのかわたしには見当がつかなかった。

家に帰ってから、申し訳ないなぁと何度も思いつつ彼に電話してしまったのだ。

「総士くんとは、友達だけど」

「じゃあ真史だって、この件に関して部外者じゃないか。どうしても気になるのなら、本人に訊け。そうでなければ友達をやめろ。それで済む話だ」

「そんな突き放さず、もうちょっとわたしの話を聞いてくれたっていいでしょ」

「もっと親身になって欲しいのなら、悩み相談室に電話しろ」

「悩み相談室は、謎解きはしてくれないでしょ?」

彼の反応に一瞬の間があった。

「どこが謎なんだ。田口総士という男が、恋人ではない女子と一つの傘を共有していた。それを真史が偶然目撃した。田口総士とその女が一線を越えているかどうかなんて下品なことを、僕に考察しろというのか。そんなことに熱を上げる奴は、ゴキブリ以下だよ。人生には、もっと優先してやるべきことがある」

学校に行っていない人にそんなことを言われるのは癪《しゃく》だけど、それは言うまい。

「違うって言ってたの、総士くん」

「浮気がバレた奴は、大抵そう言う」

「来週には説明するからとも言ってた」

「口裏を合わせて言い訳でもするんじゃないか？」

「……わたしもそう思ったんだけどさ。京介くんは、なにか事情があってのことじゃないかって」

「京介って、岩瀬京介か？　先月、合唱コンクールがどうとかで揉《も》めていた」

「うん、そうだよ」

「岩瀬京介は、なにか根拠があってそう言ったのか？」

「どうだろう。そういう感じでもなかったけど」

「……」

よく聞こえなかったけど、彼はなにか呟いたあと、

「興味ないね。それじゃあな」

電話が切れた。

まぁ、なんでもかんでも彼に解決してもらおうというのは虫が良すぎるか。

時計を見たら、二十時を少しまわったところだった。明日は土曜日で部活もなく、誰か

と遊ぶ予定もない。

「プリン食べて、録りためた映画を観て、それから――」

それからちょっと考えてみよう。秋の夜は長いのだ。

居間のソファーに寝転んで映画を観始めて一時間もしないうちに、突然インターホンが鳴った。

誰だろう、こんな時間に。

お母さんがインターホンに出る。

「はい。……ええ！」

なんだか驚いているけど、どうしたのだろうか。

わたしはリモコンを手に取り、一時停止ボタンを押す。何事だろうか。今日この家にいるのはわたしとお母さんだけなので、不安はより一層高まる。

「ちょっと待っててね」

お母さんは受話器を置いて、大きめの声でわたしに言った。

「歩くんが来てるよ！」

……ウソでしょ。

興味がないと言っておきながら一時間後、アポなしで、こんな遅い時間に、女子の家に！　どういう神経をしているのだろうか。

「大きくなったのねー歩くん」と嬉しそうなお母さんに対して、歩はお宅のお嬢さんほどではないですよとでも言いたげな含みのある笑みを浮かべ、「それほどでもないです」と答えた。わたしと彼の母親同士は今でも交流があるようだけど、お母さんもわたしと同様、彼に会うのは幼稚園の頃以来のはずだ。

「こんな時間にどうしたの？　お家《うち》でなにかあったの？」

お母さんが心配そうに言うと、

「僕の場合、ずっと家にいたらかえって心配されるくらいです。行きも帰りもタクシーなので、平気ですよ」

わたしたち親子は、唖然《あぜん》としてしまった。

「上がっても構いませんか？」

一応お母さんがいるから敬語を使ってはいるけど、やっていることは押し売りのようなもので、家から叩き出されて塩を撒《ま》かれても文句は言えない。

「ええ、それはもちろん構わないけど……」

困惑気味のお母さんに軽く会釈すると、悪びれもせず彼はそそくさと上がり込んで、コンビニのビニール袋を手渡す。

「こんな時間なものでコンビニでしか買えなかったのですが、よろしければ皆様で召し上がってください」

ビニール袋の中には、コンビニで売っているエクレアやシュークリームがたくさん入っていた。お母さんは、歩にお礼を言うと、ダイニングへ戻っていった。

「さてと」

彼はその場にどっかりとあぐらをかいて座り込んだ。

「ちょっと、なにしてんの」

「こんな時間に、君の部屋で二人きりというわけにもいくまい。かといって、お母様のいる前で田口総士の浮気がどうこう言うのもな」

そういう気遣いは一応するのか……。

わたしと彼は、そのまま廊下で話すことになった。当然寒い。お母さんは二人分の座布団とお茶、彼が持ってきたお菓子、電熱式のヒーターを運んできてくれた。それでも寒いので、わたしは自分の部屋からコートを持ってきて着込む。

九年ぶりに訪ねてきた親友の息子だからなのか、お母さんは彼を邪険にはしなかった。というか、ものすごく心配そうに、

「こんな時間に急に来るくらいだから、きっとなにか悩みがあるんでしょ。しっかり聞いてあげなさい」

とわたしに耳打ちしてきた。

こんな非常識な形で押しかけてきたのだから、そう思うのも無理はない。だけど、一人で入った喫茶店で、初対面の人間も座っている四人掛けテーブルの空席に躊躇《ちゅうちょ》なく座るような変人であることを、わたしは知っている。今こうして彼が突然訪問してきたことも、変人だからだ、たぶん。

「先に言いたいことがたくさんあるんだけど」

「手短に頼む」

「ついさっきは、興味ないって言ってたじゃない」

「電話を切った後、興味が湧いただけのことだ」

「それだけ？」

「ああ」

「明日まで待てないくらいに興味が湧いたの？」

彼の気分の上下は、火山の噴火並みに予測がつかない。

「就寝前は、なるべく頭をクリアにしておきたいんだ。ベッドに入ってからあれこれ考えたくない。

あと、十一月に入ってからまともに外出したのが三回くらいしかないことに気がついてね。先々週は寒波がきて一週間くらい雪が降り、寒波が去ってからも今日に至るまでまともに晴れた日なんてなかったからな。こうしてわざわざ来たのは、頭と体のメンテナンスってところさ」

相変わらず、こちらの都合なんてお構いなしだ。話を聞く気になってくれたのは、ありがたいことではあるけれども。

「岩瀬京介が言ったんだよな、田口総士にはなにか事情があるはずだ、と」

彼はちょっと改まった様子になる。

「そうだけど」

「岩瀬京介は狡猾《こうかつ》なところがあって、ちょっと僕好みなんだ。その男が直感であるとは言え、なにか事情があるはずだというのなら、先に僕が完全に解いてやろうと思ってね」

「京介くんは狡猾じゃないよ。結局なにもしてないし」

見ず知らずの変人に狡猾扱いされたら、京介くんが不憫《ふびん》だ。

「それはどうでもいいことだ。僕は精神性の話をしている」

これ以上反論してもしょうもなさそうなので、本題に入ることにする。

「ちょうど一週間前だね。先週の金曜日、エナと一緒に帰ろうとしたら、総士くんの彼女さんが一人で昇降口に立っていたの。有原奏っていう名前で、わたしたちとは違う学校の生徒。

その人が、泣き始めちゃったの。そのうちに、最近の総士くんの様子を訊かれてね。総士くんがここのところ会ってくれないって」

「具体的に、どれくらいの期間会えてなかったんだ？」

「一週間くらい。たしか二回だったかな、総士くんの方からキャンセルされたって」

彼は鼻で嗤《わら》った。その気持ちもちょっとわかるけど、女子のわたしは有原さんを擁護《ようご》する。

「ただでさえ学校が違う上に、二人とも部活があるから予定を合わせにくいんだよ。わたしたちが考えるよりも、その二日は二人にとって貴重なもので、有原さんは総士くんになにかあったんじゃないかと本気で心配してたんだから」

「そうか。まぁそれはその通りかもしれないな。うん、続けてくれ」

「その後総士くんが現われて、次の日デートする約束を有原さんとして、それを見届けてわたしたちは帰ったんだけどね。そのときの有原さん、すごく嬉しそうだった。

それなのに今週の火曜日、総士くんはうちの学校の女子と仲よさそうに相合い傘してたんだよ！」

「現場はどこだ？」

「近所のショッピングモール」

彼は、口元に掌《てのひら》を当てた。なにか考えるときのポーズだ。

「それだけじゃさすがに、なんとも言えないな。もっとディテールを聞かないと。

とりあえず、岩瀬京介の直感がどの程度のものか興味がある。田口総士は二股をかけていたわけではないという前提のもと推論を立ててみよう。

有力な理屈がつかなければ、田口総士はただの恋多き男子だということで納得してくれ」

わたしは頷いた。

「田口総士は、学校で恋人のことをよく話題に出していたのか？」

「誰にでもってわけじゃないけど、バスケ部の人には結構惚けてるよ」

「それは、最近も変わらないのか」

「うん、そうだよ」

「対外的には、彼女との仲が冷えている様子でもないというわけか。田口総士の誕生日はいつだ？」

「たしか、十月二十三日だったかな。わたしも、エナと京介くんと一緒にお金を出し合ってスケジュール帳をプレゼントしたの」

彼は黙り込んで、シュークリームを食べ始めた。なにか、とっかかりを見つけたのだろうか。

わたしはお母さんの淹《い》れてくれたお茶を啜《すす》る。こんな寒い廊下に二人して座り込んでなにやってるんだろうと、少し我に返ってしまった。

「田口総士と有原奏は、いつから付き合っているんだ？」

「もう一年以上前かな。去年練習試合をやった相手チームのマネージャーが有原さんで、それがきっかけで一緒に遊ぶうちに、付き合うようになったんだって」

彼は、ほんの小さくではあるけど、頷いた。

「田口総士と件《くだん》の女子が共有していた傘は、男物か女物か、覚えているか？」

「空色の傘だったから、男女両用だと思うよ」

「それだと、その傘がどちらの持ち物かはわからないな」

「いや、その傘は総士くんのだよ。前に見たもん」

「いつの話だ？」

彼は少し前のめりになる。スイッチが入ったのかもしれない。

「十一月の初めの土曜日だね」

「第一週の土曜か。たしかその次の日から寒波がきて、一週間雪が降ったんだよな。部活の行き帰りにでも見たのか？」

「ううん。火曜日と土曜日は、基本的にバスケ部は休みだよ。その日は、総士くんの誕生日祝いで余市へ海を見に行ったの」

「この時期にか。なかなか渋いな」

感心したのか、彼は微笑《ほほえ》みを浮かべた。

「行ったのは、海だけか？」

「セイコーマートで飲み物やパンを買ったし、海を見た後は余市蒸溜所にも行ったよ」

彼はスマホを取り出して、なにやら調べだした。

「その日の余市は、雨が降ったり止んだりの天気だな。余市蒸溜所からの帰り、まだ降っていたか？」

「どうだったかなぁ、そんなに降ってなかった気がする」

「真史、明日はヒマか？　土曜日はバスケ部休みなんだろ」

「うん、ヒマだけど」

彼は再びスマホをいじりだした。目線は動かさずに、

「明日の朝、六時に発寒駅集合な。まぁ僕もそこまで真史に付き合うことはないんだが、個人的に行きたい場所もあるからちょうどいい」

「えっ！　ちょっと待って、なにを急に――」

「交通費は僕が持ってもいい。こんな時間に訪問して、真史はともかくお母様にご迷惑をかけてしまったのではないかと、今更ながら感じてきたところだ」

真史はともかくとはどういうことだ。わたしにも十分迷惑かけてるんだけど。

結局、交通費は各々で出すことにした。彼が帰った後お母さんに少し事情を話したら、

お小遣いをくれたのだ。

翌日、わたしたちは発寒駅から六時二十分発の然別《しかりべつ》行き電車に乗り、余市へ向かった。

「見よ、ここ最近の悪天候がウソのように晴れ渡っているではないか。石狩湾は荒れているが、これはこれで素晴らしい景色だ。余市には七時二十九分到着予定、大体一時間ってとこか」

心なしか、歩は普段より陽気だ。それに比べて、わたしの疑念は一晩明けても晴れていない。

「わけを説明して。どうしてわたしたちは余市へ行かなくちゃいけないの？」

「『FRUITS PLANET余市店』という店のクレープが美味《うま》くてな。農家が経営しているから、素材へのこだわりが素晴らしい。ブルーベリーやラズベリーなんか、食したらちょっと感動するぞ。久しぶりに食べたいと思っていたところにちょうど、真史が余市の話をするものだから」

「へぇ、美味《おい》しそうだね！……ってそれだけのために行くわけじゃないでしょ、まさかというか、なんで昨日突然帰っちゃったのさ」

「眠くなったんだ」

わたしはもう、なにも言えない。

「どうせ道中ヒマなんだ。それだったら、この時間を使って説明してもいいかと思ってな」

彼のマイペースぶりにいちいち苛立《いらだ》つのは無駄なことだとわかってはいる。それでも、彼の丸メガネを取り上げて荒れ狂う石狩湾にぶん投げてやりたい衝動に駆られた。わたしは昨日一晩、ものすごくモヤモヤした状態で布団にもぐりこんだおかげで寝不足なのだ。自分は「就寝前は、なるべく頭をクリアにしておきたい」とか言ってたくせに。

「田口総士の『来週には説明する』という発言が苦し紛《まぎ》れの言い訳ではないのだとすれば、彼は今日、余市蒸溜所に忘れ物を取りにいくはずだ」

「なにを忘れたっていうの？」

「傘だ」

「傘って……」

「真史も見た空色の傘だよ」

彼の発言を、頭の中で反芻《はんすう》してみる。

「いや、それはないって。だって、総士くんは相合い傘をしていたとき、ちゃんと傘を持っていたよ。四人で余市に行ったのは、その前のことだよ」

「傘に名前でも書いてあったのか？　田口総士の持つ空色の傘は、世界で一本しかないような珍しいものだったか？　中学生が小遣いの範囲で買えるものが、そんな高価で貴重なものであるとは考えられないな」

「いや、それはそうだけど……」

「大方、ショッピングモールへ向かう道中、自分のなくしたものと似た傘をさしている同じ学校の女子がいたため、声を掛けて詳しく見せてもらっていたんだろう。どこで購入したのか訊き出せれば、紛失した傘が戻ってこなかったときの保険にできる」

「どうしてそんなに空色の傘にこだわるの？　傘をなくしたなら、別のものを買えばいいでしょ」

「それが、彼女から貰った大切な傘だとしたら？」

わたしは思わず言葉に詰まった。

考えてみれば、わたしはエナと雑貨店で、総士くんが有原さんからプレゼントされたスマホカバーと同じものを見つけている。空色の傘だって、わたしたちの生活圏内で手に入れられる可能性が高い。

でも……。

「それなら、相手の傘の中に入るんじゃなくて、自分がさしていた傘を相手に貸すでしょ。相合い傘になるのはおかしくない？」

「それは、雨がどの程度降っていたかにもよるだろ」

そうか。あのときは傘をさすかどうか微妙な天気だったことを思い出す。現にわたしは、傘をささずに歩いていた。

「真史たちが余市に行った翌日から、すなわち十一月第二週は寒波が到来し、札幌市は真冬日続きで、水分の少ない粉雪が降った。この間は傘を持って出歩く必要がなかった。おそらく田口総士は、傘の紛失そのものにしばらく気がついていなかったんじゃないかな。気がついていたら、その週の土曜日に余市蒸溜所に傘を取りにいっていたに違いないからな。気づくのが遅くなったからこそ、第三週の予定を急にキャンセルしたんだ」

「彼女から貰ったものをなくしているのに、一週間も気がつかないなんて……」

ちょっと扱いが雑過ぎやしないか。

「僕は、そんなにおかしいことだとは思わないね。傘なんて雨が降ったときにしか使わないじゃないか。貰ったばかりのものであれば、毎日意味もなく眺めることだってあるかもしれないが、彼が今年誕生日プレゼントに貰ったのはスマホカバーだ。傘は今年の誕生日以前に貰ったもの、もしかしたら去年の誕生日プレゼントかもしれない。

傘は外出用の鞄に入っているものとばかり思い込んで、紛失に気がつく機会のないまま一週間が経過した。別に不自然なことじゃない」

たしかに、言われてみればそうだ。

「デート当日である十一月第三週の日曜日、寒波が去り雨が降るようになって、田口総士は傘を紛失していることに初めて気がついた。余市蒸溜所に電話もしただろう。しかし、ああいった見学場所は観光客も多く、傘の忘れ物も多いはずだ。連絡しても、すぐに見つかるとは限らない。調べたところによると余市蒸溜所の一般公開は九時から十七時《ご》。部活がない日だったとしても、平日に行くのはかなり厳しい。小樽駅からバスに乗り換えれば、ギリギリ一、二分前に滑《すべ》り込むことはできるかもしれない。電車やバスが寸分の狂いなくダイヤ通り運行されればの話だがね。

日曜日の部活は、何時までやっているんだ？」

「十六時《よ》まで」

「じゃあ日曜日も傘を取りにいくのは無理だな。田口総士が余裕を持って余市蒸溜所に傘を取りにいくことができるのは、土曜日だけということになる。

田口総士は本来、先週の土曜日に余市へ行くつもりだったんじゃないかな。しかし、それはある事情で叶わなかった」

わたしははっとさせられた。

「そうか、有原さんとのデート」

歩は黙って頷く。

「前日の金曜日に有原奏が自分の学校まで来てデートの約束をとりつけてしまい、余市行きは十一月第四週の土曜日、すなわち今日にずれこんでしまったんだ」

先週の土曜日といえば、わたしがエナと一緒に出かけた日だ。

「はい、質問があります」

「うむ、許可する」

「総士くんと有原さんがデートした日は雨が降ってたはずだよ。夕方、地上に出たら虹が出ていたもの。

その日、総士くんが有原さんのプレゼントとは別の傘を使ったんだとしたら、約束を二回もキャンセルした意味がないと思う」

傘をなくしたことを隠しておきたいのなら、再度なにか理由をつけてデートの申し出を断り、余市蒸溜所へ行くべきだ。傘さえ取り戻せれば事なきを得るのだから。

「その虹は、僕も見たよ。たまに目にすると嬉しいものだな、あれは。珍しく予報が外れたことに感謝したのを覚えている」

「予報が外れ……そっか！」

わたしは、前日に土曜日の天気予報を確認したことを思い出す。予報は曇りのち晴れで、降水確率は低かった。

「傘を持っていなくても、おかしくない日だったんだよ。急な雨ならどこかでビニール傘を買うか、恋人同士なんだから彼女の傘に二人して入ることだってできる。

田口総士は、その日はデートをしても大丈夫だと踏んだんだ。さすがに直接学校に来た彼女からのデートの申し出を断るのも不憫だしな。

今日余市蒸溜所に行けば、田口総士の傘の問題はどういう形であれ決着する。もし傘が見つからなくても、火曜日に会った女子から聞いた店で買い直せばいい。だから昨日の時点で真史には、『来週説明する』と言ったのさ」

前々から思っていたことだけど、なぜ彼は、自分に関わらないことだと人の気持ちを常識的に汲み取ることができるのか。

「岩瀬京介の直感と僕の推論が正しいのか、ただ単に田口総士が苦し紛れにその場逃れをしただけなのか、見届けたらいい」

時刻はもうすぐ十三時になろうかというところ。余市に着いたのは七時半くらいだから、もうかれこれ五時間半は経っている。余市駅と繋がっている観光物産センター「エルラプラザ」にて、現われるかどうかわからない総士くんを待ち続ける。列車やバスの到着時間に合わせて改札を覗《のぞ》いたりバス停を見にいくなんて、張込みの刑事さんみたいだ。張込みは大抵二人一組な気がするけど、歩は「ブルーベリークレープを食べに行く」と言って駅から出ていってしまった。わたしも一つくらい食べたいけど、このまま総士くんが現われずここから動けなかったらそれまでだ。気の済むまでクレープを楽しんだ歩がテイクアウトしてわたしに差し入れしてくれたら……というのはあまりに淡い期待か。

「そろそろか」

列車が着く時間になったので改札を覗くと、総士くんが現われた。

ものすごくホッとしたし、嬉しい。

歩の言う通り、総士くんはきっと彼女から貰った大切な傘を取りにきたのだ。

外に出て、気づかれないように総士くんの姿を目で追う。総士くんは余市蒸溜所へ入っていき、ほどなくして、空色の折りたたみ傘を持って出てきた。来た道とは反対方向に向かって歩いていく。

たぶん、海を見にいくのだろう。

余市駅から十五分ほど歩いたところに、歩のいる『FRUITS PLANET余市店』があった。外壁が真っ赤なのでわかりやすい。彼は奥のイートインスペースにいた。二人掛けではなく、四人掛けのテーブルに一人でいる。もう、それについてはなにも言うまい。

「総士くん、来たよ」

彼は口の中に残っているクレープをきっちり飲み込んでから、

「そうか」

と素っ気なく言った。

テーブルを見ると、たくさんのクレープ袋がきちんと折りたたまれていた。

「そんなに食べて、お腹いっぱいにならない？」

「生地が美味いから、飽きない。素材を包む、優しい甘みだ」

わたしも席について、一息つく。

「総士くんも、律儀《りちぎ》な人だよ。平日に学校を休んで傘を取りにいくのはアレにしても、有原さんとデートした翌日の日曜日でも、部活を休んで取りにくることはできただろうに」

彼は口直しのコーヒーを口にしたあと、

「田口総士は、部活を休むような奴なのか？」

と訊いてきた。

「いや、きちんと毎回出てくるよ。朝練は来たり来なかったりだけど、あれは完全に自由参加だから」

「じゃあ、日曜日に田口総士が部活を休んだら、それはそれでなにか様子がおかしいと真史は勘ぐるだろ。実際、岩瀬京介のときはそうだったじゃないか」

返す言葉もない。

「田口総士は、誕生日に彼女から貰ったスマホカバーを自慢していたんだろう？　その手前、彼女から貰った傘をなくしたなんて、できれば知られたくはなかったんだ。

自分が口だけの男だなんて、真史たちには思われたくなかったんじゃないか。友達から受ける信用も、田口総士には大事なものだったんだろう。

別に根拠があるわけじゃない、僕の想像だけどな」

わたしは、総士くんに謝らなければいけない。

一瞬、歩と目が合った。

「……ありがとう」

すぐさま彼は目線を外し、

「いわれのない礼は、受けないことにしている」

第四話　家出少女

大変なことになった。

わたしは今、十二月の寒空の下、孤独を抱えている。ここから脱出を試みるためには、今までの人生であまり記憶にもないような闇を、一人で抜けなければいけない。例えば肝試しは安全が保証された上で行われるものだけど、今置かれている状況はそれに当たらない。これは訓練ではない——なんて言う相手もいない。

意地を張っている場合ではなくなった。SOSを、緊急事態宣言を出さなくちゃいけない。

＊

昨日の晩、家に帰ったら珍しく居間でお父さんが新聞を読んでいた。

お父さんはわたしよりもちょっと背が低い。でっぷりと自己主張の激しいお腹をさすりながら「小さな巨人、ホセ・アルトゥーベ選手と身長同じなんだよなぁ」と呟《つぶや》いていたことがある。ホセ・アルトゥーベがどういう人なのかは知らないけど、共通点は身長だけに違いない。そんな父は元高校球児だったらしい。

いつもは居間で顔を合わせても一言くらい言葉を交わすだけだけど、この日は違った。

ソファーにどっかり座り込んで新聞を眺《なが》めながら、

「先月、男が訪ねてきたんだってな」

なんだか不機嫌そうだ。

「うん、来たよ」

「夜遅くに来たそうじゃないか」

お父さんが歩の訪問を愉快に思っていないことが言葉の端々から伝わる。

「あのね、お母さんから聞いてると思うけど、歩は幼馴染《おさななじ》みなの。お母さん同士は今でも頻繁《ひんぱん》に会ってるし」

「まだ中学生じゃないか」

「わたしが夜中に出歩いたわけじゃない、向こうが勝手に来ただけ。それについてなにか言う権利があるのは歩の親であって、お父さんがとやかく言うことじゃないよね。

それともなに、玄関先でとっとと追い払えばよかったとでも言うの？」

「そもそも、お前に隙があるから、夜突然訪問するなんて非常識が通ると相手に舐《な》められるんだ。来年は受験だというのに、ちょっとだらしないんじゃないか」

だらしないのはお父さんのお腹だ。

「なに言ってんのか全然わかんない。わたしがきちんと生活していれば、鳥飼歩はわたしに対して非常識なことはしないって言うの？　そんなのってある？

あの人は真面目だからあんまり迷惑かけないようにしようって考える人は、もとから常識人だよ。

非常識な人だから非常識な行動を取るわけで、非常識な人は他人の言動なんて気にしない。わたしがどう暮らそうが、非常識な歩の行動には全然影響ないよ」

父は新聞から目を離さずに小言を続ける。

「その後、そいつと出かけたって言うじゃないか。どこでなにしてたんだ」

「余市《よいち》の方に行ってただけ。普通に夕方には帰ってきたんだよ。わたしは一日の行動全部、お父さんに報告しなきゃいけないわけ？

そうやって訊《き》くってことは、なにか良からぬことをしてたんじゃないかって思ってるんだよね。親ならなに言っても許されると思ってんの？」

「真史、さっきからなんなんだその態度は」

お父さんはようやく新聞から目を離した。

「最初にブツクサ言ってきたのはお父さんの方でしょ！　自分の態度が自分に返ってきて

るだけだって、いい年してそんなこともわからないの？

　さっきわたしのこと、だらしないんじゃないかって言ったけど、わたしに言わせればお父さんの方がよほどだらしないよ。なにそのお腹、顎《あご》のライン。自制もできずに欲望のまま飲み食いしてますって、会う人みんなに宣伝してまわっているの？」

「お前……いつからそんな口汚く親を罵《ののし》るようになったんだ！」

「口汚くなんてないでしょ、ただの事実なんだから！　相手してもらってるだけありがたいと思いなさいよ。新聞から目も離さずに言いたいこと言うだけの人なんか、無視したっていいんだから。テレビに出てる見ず知らずの人に文句言うのと変わらないよね。たまーに家に帰ってきて、よく知りもしないくせにテキトーな小言言って父親面《づら》するのやめてくれる？」

　お父さんは顔を真っ赤にしてぷるぷる震えだした。

「とにかく、そんなわけのわからない男とは付き合うな！　他人の都合を考えない奴は周りの人間を不幸にするだけだ。自分のプラスになるような人間とだけ付き合え」

　お父さんはなぜ、一度も会ったことのない人間を、わたしを不幸にする人間だと断じることができるのか。

「損得や上下関係でしか人付き合いができないような、哀れなおっさんの考えを押しつけないでくれる？」

「生意気ばっかり言っているが、誰の稼いだ金で生活できてると思っているんだ！」

「親がそれ言ったらおしまいだよ。お父さんだって子どもの頃は、おじいちゃんおばあちゃんに面倒見てもらってたくせに！

こっちは、産んでくれなんて一言だって頼んだ覚えはないんだからね！」

お互いに言ってはいけないことを言ってしまい、父とわたしの口論は落としどころを完全に失った。

腹に据《す》えかね、もうお父さんの顔を見るのもイヤになったわたしは、一晩たっても怒りが収まらず、翌日の朝には家をとびだした。

＊

わたしは暗がりの中なんとか建物の敷地内に引き返し、エナと連絡を取る。

「もしもし、エナ」

「なに、どうしたの急に」

「わたし、家出したんだけどね」

「えっ！　なにかあったの？」

エナがあまりにも心配そうな声を出すものだから、心底申し訳なく、また情けない気持ちになる。

「大したことじゃないんだ、お父さんとケンカしちゃって」

「なにが原因で……」

「ちょっと、鳥飼歩に関わることで」

一瞬の沈黙があって、

「ああ、彼か。これからどうやって過ごすつもりなの？　行くところないなら、家《うち》に来なよ」

「いや、もう帰るつもりだったんだけど……」

「まだ、二十時《はち》過ぎだよ。それって家出と言えるのかな」

思っていたより深刻な事情ではなさそうだと察したのか、エナは少し安心したようだ。

「まぁそれを言われるとアレなんだけどさ……。さっきトラブルが起きて、家に帰るのがとても難しい状況なの」

「どういうこと、それ。大丈夫なの？」

エナは再び、青ざめている顔が目に浮かぶような声を出す。

「わたしは今――」

無情にも、通話は切れた。

＊

僕のライフ・スタイルは、土日祝平日といった世俗的慣習に左右されない。かといって、毎日が夏休みなどという指摘は愚かだ。僕はそこらに転がっている有象無象よりも遙《はる》かに刻苦勉励し、己を磨いている。少なくとも、札幌《さっぽろ》市で最もハードワークする中学生と言っていい。

そんな僕にも、ひとときの休息は必要だ。これからたっぷり一時間半は入浴し、さっぱりしたところで、今日は冷蔵庫で冷やしてあるオペラを頂く。夜は洋酒の効いたケーキを食べると、豊かな心持ちを得られるのだ。カカオとコーヒーの香りが鼻をくすぐり、口どけの良い軽やかなチョコスポンジに染み込んだコーヒーシロップが口内に広がる……楽しみだ。

しかし、そんな甘美な計画は無粋な電話によって邪魔された。無視しても構わないのだが、親類がなにか緊急事態に見舞われた可能性は捨てきれない。

着信画面を見ると『栗山英奈』とある。

誰だ？　同じ学校の人間ではない。学校の誰とも連絡先など交換していないし、そもそも今年はほとんど学校に行っていない。僕に用事のある人間など皆無である。まぁここは、無視の一手だ。どうしても僕と話をしたいのであれば、また連絡してくるだろう。

湯を湛《たた》え準備万端の風呂へ向かおうと腰を上げたところで、栗山英奈なる人物が忘却の彼方《かなた》から姿を現わした。なんと間の悪い、地平の向こうで大人しくしていればよいものを。

僕は必要のない記憶を順次忘却することで脳を常にクリーンな状態に保つよう心がけている。だが、さすがに二ヶ月程度前の記憶を綺麗さっぱり消去することはできない。

先々月、僕は洋梨タルトを堪能するべく発寒《はっさむ》にある喫茶店に赴《おもむ》いたところ、真史と偶然出会い、そこに一緒にいたのが栗山英奈だった。あともう一人男子がいたが、名前がまったく思い出せない。なんだかんだ小一時間ほどやりとりをした後、某男子から各々連絡先を交換しようと提案された。減るもんじゃなしと応じてやったが、実際に連絡を取り合うことは未来永劫ないものと思われた。

そんな一期一会、札幌駅南口広場で袖がふれ合った程度の人間が、如何《いか》なる事情で僕とコンタクトをとろうというのか。不覚にもごく微量の興味が芽生えてしまい、僕は通話ボタンをタップしてしまった。

「鳥飼だ。なにかの間違いであれば速やかに通話を終了してくれ」

「間違いじゃない、あなたに頼みがあるの」

ああ、思い出した。あのときはなぜだか終始不機嫌そうで、時折鋭い視線をこちらによこしてきた女。初対面の人間に対して失礼だろうと、危うく説教しそうになったほどだ。

「ウミが家出して、帰れなくなっちゃったみたいなの」

ウミというのは……真史のことか。

「家出したのなら、帰る必要ないじゃないか」

「本気でずっと帰らないつもりで家出なんてするわけないでしょ」

随分と棘々《とげとげ》しく言うじゃないか。

「それが、人にモノを頼む態度か？」

「……ごめん。どこか、ウミの行きそうなところに心当たりはない？」

「ないな、まったく」

「幼馴染みなんでしょ」

「幼少期に面識があっただけのことだ。真史が悩みを抱えていて、その相談に乗ることになり再会を果たしたが、つい最近まで交流はなかった。それからも頻繁に顔を合わせているわけでもない。真史の行動なんてさっぱりだね」

「じゃあ、一緒に考えてよ。真史が今どこにいるのか」

「断る。これからやることがあるんだ」

「こんなことになった原因は、あんたにもあるんだよ！」

この女は突然なにを言い出すのか。

「なぜそうなる。僕はそこまで、真史に対して影響力のある人間ではない」

「鳥飼歩に関わることでお父さんとケンカしたって、ウミは言ってた」

「心当たりがないな。僕は真史の父親を見たことさえない」

「あんたが気づいてないだけで、なにか変なことしたんじゃないの。ウミに対して！」

そうは言われても、本当に心当たりがない。

互いの間に沈黙が流れた。

このまま諦《あきら》めてくれるといいのだが。一刻も早く僕は風呂に入りたい。

「もし、真史になにかあったら、あんたのこと恨《うら》むからね」

さきほどまでの勢いから一転、静かで硬質な声に僕は若干《じゃっかん》の恐怖を覚えた。

別に栗山英奈に好かれたいとは露《つゆ》ほども思わないが、恨まれるというのはちょっと厄介かもしれない。この女が「恨む」と言ったら、僕に対して本当になにかしてくるような気がする。

「……わかったよ。身に覚えがないとはいえ僕に責任の一端があるというのなら、考えてみようじゃないか」

「ありがとう」

電話越しにぼそっとした声が返ってきた。

それから僕と栗山英奈は、北1条宮《きたいちじょうみや》の沢通《さわどおり》を挟んで円山公園《まるやまこうえん》の向かい側にあるスターバックスで落ち合うことになった。

時計を見ると二十時半だった。「こんな時間に出歩けるのか?」と、実に僕らしい慈悲の心で問うと「まずいけど、なんとかする」と返ってきた。まぁ、そう言うからには本当になんとかするだろう。

寒空の下、暗い坂道を下らなければならなかったが、頭をクリアにするにはちょうどい い気温と距離だ。帰りはタクシーに乗ればいい。

一応ラップトップも持っていく。真史を家に帰すにあたって、場合によっては地図を見たり、色々調べたりすることが出てくるかもしれない。

昼間とは違う、森閑《しんかん》とした円山公園を抜けて待ち合わせ場所に到着した。

栗山英奈は、僕よりも先に到着していた。

チーズケーキとアップルパイとチョコレートケーキとコーヒーを持って二階へ上がると、栗山英奈は僕の知らない男子二人と共にソファー席に陣取っていた。他の奴も連れてくるとは聞いてないが、気にすることでもないのでなにも言わずに席につく。

「久しぶり」

栗山英奈が話し掛けてくる。相変わらず無愛想だ。

「この二人も、ウミの友達なの。同じバスケ部。二人にもウミの家出のこと話したら、すごく心配したから」

「かえって好都合。前にも言った通り、僕は二人掛けの小さなテーブルで飲み食いするのが苦手なんだ」

見たところ三人は飲み物しか購入していないので、テーブルにはかなりスペースがある。

「また随分ケーキ買ったんだね」

「ちょっと運動したからな」

僕は席につき、チーズケーキから食べ始める。

「岩瀬京介といいます。鳥飼さんは、ウミとは幼馴染みと聞きました」

「おお、君が岩瀬京介か」

短髪にあっさりとした顔つきだが、目には何か秘めていそうな鋭さを感じる。実際に顔を合わせることはないだろうと思っていたが、今こうして目にする岩瀬京介は僕の抱いていたイメージと大体一致する。

「知ってるんですか、俺のこと」

「敬語は使わなくていい」

「俺は田口総士、よろしく」

田口総士といえば、先月余市蒸溜所に傘を取りにいった男じゃないか。あのときは姿を直接目にすることはなかったが、真史よりも背が高そうで容姿も端麗だ。たしかにこんな奴だったら、ちょっと女子と一緒に歩いていただけで疑いをかけられるのも頷《うなず》ける。

この三人のことは、自分の学校の連中よりも詳しく知ってしまった。望んで得た情報では断じてないが。

「二十時《はち》過ぎに、ウミから電話がきたんだけど……」

「どうしてそのとき、真史がどこにいるのか訊かなかったんだ？」

「ウミのスマホの充電が切れたみたいで、通話が途切れちゃったの」

「迂闊《うかつ》な奴だ」

思わずため息が出る。

「真史は今、帰宅するのが難しい状況にあり、スマホの電源も切れている。真史の所持金に余裕があれば、コンビニかどこかでモバイルバッテリーを手に入れることができるだろう。スマホを充電できれば、この中の誰かに連絡がくるかもな。あるいは近くに公衆電話があれば、親に連絡して迎えにきてもらうこともできる。いくらなんでも、自宅の電話番号くらいは暗記しているはずだ。

小銭がないのなら、一一〇番を押して警察を呼んだっていい。中学生なんだから助けにきてくれるだろ」

そう言ったところで、僕のスマホに着信が入った。

画面には『公衆電話』とある。

「もしもし」

「歩？　わたし、わたし！」

「詐欺なら切る」

「ああっお願い切らないで、海砂真史だから！」

どうして僕の電話番号がわかったのかという疑問は一瞬にして解けた。僕の番号は『くるしいしごと』と、とても覚えやすい語呂合わせだ。そもそも真史と九年ぶりに会うことになったきっかけも、彼女からの電話だったではないか。

栗山英奈たちがこちらを凝視してくるので、電話の相手は真史だと小声で教えた。

「今わたしね――」

「家出したんだってな」

「どうして知ってるの？」

「栗山英奈から聞かされたんだ。今僕の目の前には、栗山英奈に加えて岩瀬京介と田口総士もいる」

「そう……なんだ」

「ちょうどよく連絡をくれて助かったよ。あれこれ考える手間が省けた。今どこにいるんだ」

「助けにきてくれるの？」

「僕は行かないぞ。ご両親に連絡する」

「それはイヤ！　親とケンカして出てきたのに、親に助けてもらうなんて」

そうかそうか、じゃあ一人で頑張れ——と電話を切ってもいいのだが、そうすると真史の友人たちは僕にどう出るだろうか。三人とも物音一つ立てず、一瞬たりとも僕から視線を外さない。

田口総士は膂力《りょりょく》に任せて僕に摑《つか》みかかってきそうだし、岩瀬京介はここでは手を出さないまでも奸計《かんけい》を巡《めぐ》らして何をするかわかったものではない。

そして一番厄介なのが、もうなんと形容すればいいのかわからない視線を僕に突き刺してくる栗山英奈だ。彼女の目に、僕の像はまったく結ばれていないに違いない。栗山英奈が目を見開いて見ようとしているのは、行方知れずの真史であることが容易に理解できる。この女を前に、真史を見捨てる行為は危険だ。生物としての本能が僕の中を警告音で満たしていく。

まったく、今の僕の立ち位置ときたらどうだ。本来なら今頃僕は湯に浸《つ》かり、冷蔵庫で待つオペラに思いを馳《は》せていたはずであったのに。

世の理不尽に心を乱されたのは久しぶりのことだが、こうなってしまった以上は最善を尽くさなければならない。とっとと終わらせて、平穏な僕の夕べを取り戻す。

「歩いて帰ってこられないのか？」

「遠過ぎて無理なの」

「今どこにいる?」

返事がない。

「真史、金がなくて帰れなくなってるんじゃないんだろうな」

「ううん。お金は持ってる。五百円玉貯金を取り崩してきたから、財布はパンパンだけどね」

随分と殊勝《しゅしょう》なことをしていたものだ。

「モバイルバッテリーというものを知っているか? コンビニにあるから探せ。とりあえずスマホの充電を復活させれば、最寄りの交通機関を検索できる。なんなら、店員にタクシーを呼んでもらったっていい、営業所がカバーしている範囲内であればの話だけどな」

「無理! 辺りが真っ暗で、今いるところから離れられないの」

「……こんな馬鹿馬鹿しいやりとり、もうやめにしないか? 今どこにいるか、それを言えば済む話じゃないか。

自分が今どれだけの人間に心配をかけているのか、わかっているだろう?」

「……歩は大して心配してないでしょ」

「僕のことを君の友人三人がものすごい目で見つめてくるんだ。正直いたたまれないよ。電話、替わろうか?」

このまま僕が話していたって埒《らち》があかない。

「……ううん、いい。エナの声を聞いたら、わたし今いる場所しゃべっちゃうもん」

「大人しく言えばいいだけの話じゃないか。一体なにがしたいんだ？　僕になにをして欲しくて電話してきたんだ、君は」

「いい脱出法を考えてくれるんじゃないかと思って」

「それにはまず、真史がどこにいるのか知らなくちゃいけないよな」

「知ったらどうする？」

「ご両親に言う」

「じゃあ無理」

僕は頭を抱えた。こんなに話の通じない、頑《かたく》なな奴だっただろうか。

「もういいよ。外が明るくなればなんとかなるだろうし。朝になったら自力で帰るから」

「あんまり馬鹿なことを言うもんじゃない。こんな季節に下手な場所で寝てしまっては、風邪をひくどころか死んでしまう」

「平気。着込んでるし」

「ご両親にたっぷり絞られるだろうな」

「もうここまできたら、いつ帰っても同じだよ」

「きっと、警察にも通報するぞ。いや、もうしているかもしれない。制服を着込んだ厳《いか》つい公僕に、根掘り葉掘り事情を訊かれるのも面白くないだろう」

「明日の朝には絶対帰るから心配しないでって言っといて」

少し目先を変えてみるか。

「しょうがないな、じゃあこれから僕が、真史のいる場所を言い当ててやる。僕の能力を、君はよく知っているはずだ」

「あ、当てられるものなら当ててみなさい！　絶対に思いつきもしないような場所にいるんだから！」

「ほう、大した自信だな。通常そこにいるとは考えられないような、意外性のある場所にいるんだな？」

「……そうやってわたしから情報を引き出していくつもりでしょ。その手には乗らないんだからね」

そんなことに気がつく余裕はあるのか、面倒くさい。

「じゃあね、本当の本当に困ったらまた連絡するから」

電話が切れた。今までの人生で、最も不毛な電話であった。

「ねぇ、ウミなんて言ってた？」

「大したことは言ってない」

僕が不承不承、通話の内容を三人に教えてやってから、しばらく誰も言葉を発しなかった。各々、知恵を絞っているのだろう。

まずは田口総士が、

「まさかウミの奴、誘拐されてるんじゃないだろうな」

「千載一遇のチャンスで電話する機会を得たのに、相手が僕でいいのか？　そんな深刻な事態に直面しているのなら、真っ先に家か警察に電話するさ。

もし誘拐犯が真史に無理矢理電話させたのだとしても、あまりに中身がなさすぎる。あんな会話を敢《あ》えてさせて、誘拐犯になんの得があるんだ」

「……そうだな」

田口総士は少し安堵《あんど》したのか、息を吐きながら背もたれに身を預けた。あり得ないとわかっていても、最初に消去しておきたい可能性ではある。

今度は栗山英奈が口を開く。

「ウミは今、一人なのかな？　もし遠くにいるなら、誰かウミの家出を手助けしている人がいるのかも」

「その線は薄いな。

家出の協力者と一緒にいるなら、脱出のための手段を講じているだろ。そろってスマホが充電切れなんてマヌケなことが起こらない限りな。

協力者からなにかしらの事情で見捨てられて、帰宅困難な状況に陥《おちい》ったのだとしたら、事はかなり深刻だ。だが、その場合はさっきも言った通り、僕なんかに電話している場合じゃない」

「まぁ今日中に帰る予定の家出に、協力者なんて必要ないか。ていうか、協力して欲しいことがあるならウミはまずわたしに言うはずだし」

なんだか栗山英奈は自信ありげにそう言っているが、この女が家出の協力などするだろうか。全身全霊で止めにかかり、なぜ家出という発想に至ったのか根掘り葉掘り訊き出しそうだ。いや、そんなことはどうでもよろしい。

「真史は、自分がいる場所は僕らには絶対わからないと妙な自信を持っていた。行き当たりばったりではなく、事前に計画を練った上で今の場所にいるんだ。それでいて、そこから動けなくなっているのだから、なにか想定外のことも起こってしまったようだがね」

僕は、三人を見回した。

「幼馴染みとは言っても、最近の彼女のことをほとんど知らなくてね。君たちにとって海砂真史とは、どういう人間なんだ？　参考までに聞かせて欲しい」

僕の知る限り……といってもよく知っているのは幼少期の真史だが、ここまで大胆で強情な人間ではなかったような気がする。

最初に口を開いたのは、岩瀬京介だった。

「真面目な人だと思うよ。本人は自分のことをテキトーだって言ってるけど」

田口総士も続く。

「部活のときは溌剌《はつらつ》としてるけど、普段はなにか考えごとでもしてるのか、ぼーっとしてることが多いな。あと、すごく心配性な気がする」

言われてみればたしかにその節はある。

「普段は大人しいよ。心配性というか、ちょっと臆病なところはあるかな。ウミが熱くなってなにか行動を起こすとしたら、それは誰かのためってことが多いかもね。とても優しい人だから」

栗山英奈は俯《うつむ》き加減で、嚙《か》みしめるように言った。

僕に関わることで海砂親子はケンカになり、それが家出の原因だと言って栗山英奈は僕を無理矢理呼び出した。今回の家出も、真史にとっては誰かのための行動だろうか。

「別に家出されたところで、全然僕のためにはなっていないんだけどな」

「今回がそうだとは言ってないでしょ。勘違いしないで」

勘違いはしていない、可能性の話をしたまでだ。面倒くさいから黙っておくが。

「あとね、すっごく頑固！　朝になったら帰ると言った以上、もう一回電話してきて『やっぱり助けて』なんて言わないと思うな」

「つまり、どうあっても、こちらが居場所を特定しなきゃいけないってわけか」

三者三様に、真史のことを考えている。映像にでも撮って真史に見せてやることができれば、馬鹿な意地を張るのはやめて居場所を吐くに違いない。

「大体わかった、ありがとう。

じゃあ、考えてみようじゃないか。真史がどこにいるか」

僕はともかく、これほど心配をかけている以上、無事帰ってきたら真史はこの三人に謝るべきだ。田口総士はこないだ謝られているだろうから、二回目ということになるかな。


「おさらいするぞ。

まず、真史は今、歩いて帰ることのできない遠いところにいる。たかが五百円玉貯金で飛行機に乗れるような所持金があるとは思えないし、そもそも真史は今日中に帰るつもりでいたのだから、今も道内のどこかにはいるはずだ。

真史は公共の交通機関を使ってある場所へ辿《たど》り着き、そこから帰るつもりでいた。未成年が誰かの協力を得ずに遠くへ行くなら、手段はそれしかないよな。

しかし、何かしらの事情で予定が狂い、今日中に自力で帰宅するのが困難になった。重ねて、スマホの充電も切れている。コンビニどころか周りは真っ暗で、その場から離れることができない。公衆電話はある。

本人は明日の朝には帰ると息巻いていたから、おそらく屋内にいるはずだ。十二月にずっと外にいたら、朝を待たずに死んでしまうからな。

普通なら絶対に思いつきもしないような場所、真史は簡単に見つからないようにと考え、僕らの盲点となる場所に潜伏している」

「そういう場所って、あんまり多くないと思うけど」

「そうなんだ岩瀬、これまでの真史の発言を精査すれば、居場所を掴める可能性は十分ある」

「うーん」

田口総士が先陣を切る。

「レンタルビデオ店のAVコーナー」

「最低。こんなときにふざけないで」

栗山英奈が軽蔑《けいべつ》の視線を田口総士に投げかける。

「いや、その調子だ。二十四時間あいてるレンタルビデオ店の周りが真っ暗なわけないからあり得ないが、そういうことなんだよ。普通は『絶対に思いつきもしないような場所』に真史はいるんだ。

思いついたことはどんどん発言しろ」

「どこか山奥の宿泊施設にいるのかな。日帰りで温泉に浸かって帰ろうと思ったら、なにかの事情で帰れなくなっちゃって宿泊することにしたとか。それだと、ちょっと安心なんだけど」

「それはちょっと難しいな栗山。真史は成人女性の平均を優に超える身長であるとはいえ、顔つきは年相応に幼い。そんな人間が一人で五百円玉をじゃらじゃらだして宿泊させてくださいなんて通ると思うか？　まず間違いなく事情を訊かれて、親に連絡がいく」

「うん、そうだね」

栗山英奈は二度頷いた。

「海砂真史は何者であるか。札幌市西区在住の中学二年生、女子、高身長、バスケ部所属……僕が知ってる彼女の基本的な情報はこんなものだが、こういう奴があまり行かなそうなところとは言っても、あまりに突飛な場所ではダメだ。周りから浮き過ぎては結局人目について、補導されかねないからな。そういった意味で、やはりＡＶコーナーはあり得ない。君だったら周りの大人も生暖かい目で見守ってくれるかもしれないがね、田口総士」

「うるせぇ、それはもういいから、真面目に考えようぜ。

そうだ、パチンコなんてどうだ？」

「パチンコ店は北海道の条例により二十三時《じゅういち》以降、営業することができない。そもそも、十八歳未満は入場禁止だ。

インターネットカフェやカラオケだって、夜間帯は未成年者の入場が制限されるから、そういうところにはいないだろうな。そもそも、その手の店にいるなら充電器も貸し出されているはずだ」

「未成年が一人で夜を明かすのって、難しいものだね」

岩瀬京介はそう言って、

「病院なんてどうかな。人里離れたところにある大きめの病院。待合室なら時間をつぶせるかも」

僕はちょっと笑ってしまった。決して、馬鹿にしているわけではない。

「そこに真史がいたら、驚きだな。ナイスアイディアだ。

ただな、君たち面会時間終了後の病院で過ごしたことあるか？　深夜には看護師の巡回もある。とてもじゃないが、家出なんて舐めた理由で一夜を過ごせるような場所じゃない」

しばし、誰も言葉を発しない時間が続いた。みんな、真史のために一生懸命に知恵を絞っている。

「道の駅……とか？」

栗山英奈が呟いた。

「ほら、この前余市に行ったとき『スペース・アップルよいち』の前を通ったじゃない。あれ道の駅だったよね。わたし今まで道の駅って車がないと行けないと思ってたけど、列車やバスを使っても結構近くまで行けるんじゃない？」

「道の駅って、一日中開いてるのかな？　トイレはいつでも使えると思うけど……」

僕はバッグからラップトップを取り出し、膝の上にのせて起動させた。

「岩瀬の言う通り、ほとんどの道の駅は夕方には閉館する。ただ、二十四時間休憩できるようなところもあるかもしれない。調べてみる価値はあるな」

僕は手早くキーを叩き、検索結果に目を通す。

「道の駅って、北海道にどのくらいあるんだろうな。五十くらい？」

田口総士が誰にともなく問いかける。

「百以上あるぞ」

「全部調べるのかなり時間かかりそうだな……」

時間があるのなら、全て調べるのが一番確実だ。ただ、今はそう悠長にしていられない。

僕は一刻も早く、風呂に入ってオペラを食べたいのだ。

「そんなことしなくてもいいと思うよ。ウミは日帰りするつもりでいたんだから。札幌からあまりにも遠い地域は除外していい。いや、でも」

自分の発言に納得がいかなかったのか、岩瀬京介は少し考え込んで、

「観光じゃないんだから、現地滞在時間は問題にならないのか。一日の大半を乗車時間でつぶすつもりでいたのなら、道の駅はここから遠く離れていてもいい」

「ウミは、そんな遠くにはいないよ」

栗山英奈がきっぱりと言った。

「ほう、自信ありげだな」

まさか、なんとなくそう思うからという話でもあるまい。

「ウミはね、『さっきトラブルが起きて、家に帰るのがとても難しい状況』って言ってたの。わたしに電話があったのは二十時《はち》過ぎだから、ウミはその直前には家に帰ろうとしていたんだよ。今日中に帰るつもりなら、札幌まで五、六時間もかかるような場所にはいないでしょ」

男子二人は感嘆の声を漏《も》らす。たしかに、そういうことなら真史が稚内《わっかない》や釧路《くしろ》にいるなんてことはないだろう。少し補足してやるとすれば、

「『さっき』というのが、真史にとってどの程度の過去を表わす言葉なのかはわからないけどな。数時間前の出来事でも、さっきはさっきだろ、話者によっては」

「わたしの考え、間違ってる？」

「いや、そうは言っていない。もし数時間前になにかしらのトラブルで帰れなくなったとしたら、まずはスマホで誰かと連絡をとるとか、情報を集めるとかするよな。当然バッテリーの残量が少ないことに気づく。スマホのバッテリーが残り少なく帰宅困難という状況で、実際に栗山が電話を受けた二十時《はち》まで無為に時間を過ごすほどアホな奴でもないだろう」

栗山英奈は若干眉根を寄せて、

「要するに、ウミは割と近くにいるってことでしょ。さっきわたしが言った通り」

「まさか、急病とか怪我とか……」

田口総士の発言に反応して、他の二人も不安げな顔を見せる。

「列車やバスに乗れないほどの重病、重傷だった場合、繰り返しになるが電話の相手が僕というのはおかしい。とにかく、今の真史はそこまで深刻な状況にはないと考えるべきだ。理由はまだわからないが、真史は予定していた便に乗ることができず、それが最終便であったために今の状況に陥ってしまったと考えるのが自然ではないかな」

栗山英奈は小さく頷いた。

「札幌へ向かう最終便が十九《しち》時台にあって、夜を明かすことのできる施設を備えている道の駅があれば、真史はそこにいる可能性がある」

僕は再び、ラップトップのキーを叩く。

「道央に限定すれば、だいぶ絞れる」

乗り換え案内のサイトを開く。付近の交通機関の、札幌方面最終便が十九時台にある道の駅を探す。やってみたら、思いの外《ほか》面倒だ。

「二ヶ所あるな。ただ、いずれも全ての条件を満たしてはいない。

『いわない』は街中《まちなか》にあり真っ暗とはいえない。近くにコンビニもある。『サンフラワー北竜《ほくりゅう》』周辺は、地図を見る限り夜はかなり暗くなるだろうが、二十四時間あいている無料休憩所の類《たぐ》いはない。ここは宿泊施設も兼ねているが、さっき言った通り中学生が一人で利用するのは難しい」

空振りに終わり、落胆の空気が流れる。

「そっか……うん、ありがとう」

そう言って栗山英奈は肩を落とした。

僕はチョコレートケーキを切り分け口に運ぼうとしたところで、口元に掌《てのひら》を当てていることに気がついた。あまり意識したことはなかったが、これは僕のクセであるらしい。手を外し、ケーキをゆっくり味わってから、議論を再開させる。

「ここまでの議論は、かなり惜しい気がする。『思いつきもしないような場所』とは、本来なら中学生一人では行けないような、車で行くのが前提となる場所である可能性は高い。日帰りできる程度の距離で、周りが真っ暗になるような人里離れたところにありながら、二十四時間屋内で過ごせる……」

そうか。僕の中で、確信に値する仮説が浮上した。

「高速道路のサービスエリアだ」

三人が顔を見合わせる。田口総士はしきりに頷き、

「たしかに、サービスエリアなら人里離れたところにあって、夜は真っ暗だろうな」

「でも、ウミはどうやってそこへ行ったの？」

岩瀬京介の疑問に答える。

「高速バスで降りることが可能な場所はいくつかある。パーキングエリア内、もしくは高速道路上にあるバス停を利用する機会は、札幌に住んでいるとあまりないがね。なんの事前情報もなく、いなくなった真史をとりあえず捜そうとなれば、まず候補には挙がらない場所だ」

僕はチョコレートケーキを平らげ、再びラップトップのキーを叩く。

「高速バスで行くことのできるパーキングエリア、またはサービスエリアは五ヶ所ある」

バッグからＡ４のルーズリーフを取り出し、検索結果を書き出し三人に見せる。

＊

①

野幌《のっぽろ》ＰＡ　ランプウェイにバス停

・上下ともにセイコーマートあり

・〃　一般道からの入場に制限なし

・札幌方面二十時以降　便あり

②

岩見沢《いわみざわ》ＳＡ　札幌方面敷地内にバス停　旭川《あさひかわ》方面ランプウェイにバス停

・札幌方面二十時以降　便あり

③　砂川《すながわ》ＳＡ　敷地内にバス停
・札幌方面二十時以降　便あり
④　茶志内《ちゃしない》ＰＡ　敷地内にバス停
・札幌方面二十時以降　便あり
⑤　輪厚《わっつ》ＰＡ　ランプウェイにバス停
・上り（苫小牧《とまこまい》方面）にショッピングコーナーあり（二十四時間）
一般道からの入場に制限なし
・下り（札幌方面）にショッピングコーナーあり（十九時まで）
一般道からの入場に制限なし
・札幌方面二十時以降　乗車可能な便なし

＊

田口総士は僕の走り書きをしばらく見つめた後、ふいに顔をこちらに向けた。

「セイコーマートがあるところにはまずいないってことだよな」

「その通り。コンビニが近くにあるなら、真史はスマホの充電を気にする必要はない。よって、まずは野幌の上下を除外する」

栗山英奈も視線を紙から外して、

「ていうか、この中のどれかと言われたら輪厚しかないじゃない。他のところは、ウミからわたしに連絡がきた二十時《はち》以降にも札幌に帰れる便があるんだから」

岩瀬京介は紙をじっと見つめたまま、

「でも、輪厚の上りに二十四時間営業のショッピングコーナーがある。モバイルバッテリーもありそうなものだけど」

「僕もそう思った。だが、おそらく真史は輪厚に着いてバス停で降りたあと、輪厚パーキングエリア上りに入場可能なことに気づかなかった。ネットで現地の様子を見ると、一般道に出てパーキングエリアの裏にまわり、最初に目に入るのはETC専用入り口だ。『歩行者の通り抜けはできません』という看板もある。この情報が印象に残ってしまい、そこから先の奥まったところにある出入口らしき地味な扉を通り過ぎてしまったんだろう。さらに進むと高速道路の下を横切るトンネルがある。そもそも札幌行きのバスに乗るなら下りにいる必要があるから当然真史はトンネルを抜ける。そこから先に進むと、ETC専用入り口よりも手前に一般道との出入口があって輪厚パーキングエリアの下りには入ることができる」

ここいらでケーキをもう一口と思ったが、皿の上にケーキは残っていなかった。いつの間に完食していたのか。まあ、また注文すればいい。

僕はこの会合のまとめに入る。

「地図を見ると、輪厚パーキングエリアの周囲は牧場と工場と畑があるだけだ。少し歩けば町に着くが、夜は真っ暗闇を抜けなければいけない。スマホの地図アプリは起動できないし、敷地内に地図があったとしても、それはドライバー向けの広域地図だろう。今の真史の役には立たない。闇雲に出歩く気にならないのは当然だ。

輪厚パーキングエリア下りのショッピングコーナーは十九《しち》時に閉まるため、モバイルバッテリーを手に入れることもできない。

屋内にあるホットスナックの自販機は二十四時間稼働しているから、そこで長居することは可能だ。購入したものを食べるための椅子とテーブルくらいはあるだろう。まばらに人の出入りはあるかもしれないが、自分の車にとっとと戻っていく人がほとんどのはずだ。チラッと真史の姿が目に入ったところで、親がトイレから戻ってくるのを待っているようにしか見えん。

高速バスで札幌から輪厚パーキングエリアまでは四十分程度、車での日帰りは問題なくできるが、歩いて帰るには難しい。

真史がいる場所の条件は満たしているな」

岩瀬京介は俯いたまま、黙っている。なにか考えごとをしているようだ。

「結局、ウミはどうして帰れなくなってるんだろう」

彼の疑問に答える。

「高速バスは、路線バスとちょっと事情が違うんだ。バス停によっては乗車のみ、もしくは降車のみを取り扱うような制限があったり、乗車可能区間であったとしても、事前の予約が必要な場合がある。

真史はその辺をよく調べず時刻表の数字だけを見て、帰宅困難に陥った可能性も十分にある。

ちょっと調べてみようか」

僕は再びキーを叩く。

「輪厚から高速バスに乗る場合、通過予定時刻の二時間前までの予約が必要とある。一方、パーキングエリア内にあるバス停で乗客が素通りされることはまずない。バス停で待っている人間がいれば必ず停まる。予約も必要ない。

敷地内にバス停のある岩見沢、砂川、茶志内には二十《はち》時以降乗車可能な便があるから、ここに真史がいる可能性はやはりない。

野幌は上下ともに真史が利用可能なセイコーマートがあるのだから考慮する必要はないが、一応付け加えておこう。実際に僕は、ここから予約なしで高速バスに乗って札幌に帰ったことがある。ランプウェイにあるバス停全てに予約が必要ということでもないんだ。今後高速バスに乗る際は、よく確認しないとな」

「――ということは、ウミは」

栗山英奈が、さきほどよりは少し緩《ゆる》んだ表情になっている。

「なにも知らずにバス停で待ってて、まったくスピードを落とさずに走り去っていく高速バスを眺めて呆然としてたってこと、か」

「潜伏先にパーキングエリアを選ぶまでは、抜け目ないと思うんだが」

しゃべり過ぎて疲れたので、一息吐《つ》く。

「スマホの充電切れも含め、なんか迂闊だよな、真史って」

そう言うと、三人の顔に笑みが浮かんだ。

「そこが、ウミのかわいいところだよ」

真史がかわいいかどうかはともかくとして、栗山英奈の言うことには一理ある。

僕のように一分の隙もない存在は、人からは好かれないものなのだ。

＊

一切停まる気配なく通り過ぎていくバスを見送ったあの瞬間、わたしは北海道で一番のマヌケだったに違いない。

途方に暮れてパーキングエリアにすごすごと引き返し、今時刻は二十二時半をまわった。

自販機でたこ焼きを買って、一人もそもそと食べる。お店と食堂のシャッターは、十九時に降りた。正方形の四人掛けテーブルが二つといくつかの自販機が置かれている半端に広い空間は、なんだか現実感がない。蛍光灯の無機質な白い光が、わたしとたこ焼きとテーブルを照らしている。たまに誰か来るけど、自販機でなにか買うとすぐに出ていく。そりゃ、そうだよね。なにやってるんだろ、わたし。

一時間くらい前から、この虚《むな》しい問いを繰り返している。

どうしてこんなことになったのか。お父さんとケンカしたからだ。思っていたよりも大がかりな反抗になってしまったものだ。親もまた一人の人間で、常に正しいことを言っているわけじゃない。それを感じとれるようになってしまうと、親が正論を言っていたとしても、素直に聞き入れることが難しくなる。それでも、後で冷静に考えて親の言うことに正義があるのなら、それは飲み込まなくちゃいけない。

ただ、今回はどう考えてもお父さんが悪い。昨日のあれは教育でもなんでもなく、ただ単に虫の居所が悪くて、たまたま居間にいったわたしに当たっただけだ。もちろん、そういうことは誰にだってある。でも、誰かにイヤな思いをさせたのなら、きちんと謝らなくちゃいけない。お父さんはあれから、ただの一言もわたしとは口を利いていないのだ。

一夜明けても怒りは収まらなかった。部活でもあれば気分は変わったんだろうけど、今日は土曜日で学校に行く用事はなにもなく、友達との予定があるわけでもなかった。

その結果が、今だ。

もう怒りよりも、不安や恐怖が断然勝っている。今はまだ平気だけど、眠くなってきたらどうしよう。椅子を並べて横になろうかと考えたけど、知らない人がやってくるところで、そんなことはできない。それと、わたしは寝相が悪いから、きっと椅子から転げ落ちて、結局地べたで寝るはめになる。

歩に電話したとき、素直に居場所を言えばよかった。「わたしは輪厚パーキングエリアにいる」と！　今からでも公衆電話に戻って彼に……というか、もう家に電話をかけて迎えにきてもらえばいいのではないか。エナたちにも心配をかけているし、今やっているのは、もはや反抗というより一人我慢大会だ。なんの意味もない。

もう一度公衆電話のところへ行こうと何度も腰を上げては、力なく座り直す。わたしの中に残る一欠片《ひとかけら》のプライドに、縛《しば》り付けられている。

さっきからひしひしと感じていることだけど、びっくりするくらいやることがない。十二月の夜は長く、日の出は七時近くまで待たなければならないだろう。あと八時間以上、何をして過ごせばいいのか……。

冷たい空気が流れ込んできた。また誰か、缶コーヒーでも買いにきたのかな。

「真史」

聞き覚えのある声に、わたしは思わず振り返った。

「徹夜でもするつもりか？　愚かな。考えなしにこんなことで体を壊す奴に、スポーツをやる資格はないな」

「歩……」

来てくれるなんて、まったく思っていなかった。

不意に視界がぼやけてくる。

「おいおい、こんなところでビービー泣くんじゃない」

「なっ……ビービーなんて言ってない！」

安心したのか、嬉しいのか、悔しいのか腹が立ったのか、よくわからない。全部かもしれない。

「誰かと一緒に来たの？」

「いいや」

「じゃあ、どうやって……」

「タクシーだ。結構高くついたぞ、帰りの分もあるしな。代金は後日払ってもらう。君のご両親に頼むか、将来バイトでもして金をつくれ」

「ちょっとずつでも、いい？」

「君に任せる。というか、公衆電話でタクシーを呼ぼうとは思わなかったのか？」

「電話帳なかったもん」

「僕もさっき見てきたから知ってる。一〇四にかけて電話番号案内サービスを使えば、近くのタクシー会社の番号を教えてもらえたぞ」

「え、そんなことできたの？」

「電話ボックス内の案内板にもちゃんと書かれていた」

「気づかなかったよ」

「まあ、緊急通報や災害時の伝言の番号が目立っていたからな」

「……どうして一人で来たの？　電話では、わたしの親に連絡するって言ってたのに」

「よく考えたら、僕は真史の家の電話番号を知らない」

歩は肩を竦《すく》める。

「エナも一緒にいたんでしょ？　訊けばわかったよ」

「そうなのか。でも僕は、あの三人とはほぼ初対面だからな。真史との関係性なんてよくわからないよ。

それに――」

彼は自販機に近づき、硬貨を入れた。

「こんなところで一夜を明かすと言い放った君に、少しばかり敬意を表してやろうと思ってね。

堂々と帰還を果たし、ご両親にせいぜいたっぷり絞られるんだな」

静かな屋内で、缶の落ちる音が響く。

彼は屈《かが》んで、缶コーヒーを取り出した。

今、気がついた。

どうして、一晩経っても怒りが収まらなかったのか。どうして、こんなところで意地を張ってまで、家に電話するのが躊躇《ためら》われたのか。自分のことだけだったら、こんなに腹は立てない。

わたしは、彼が侮辱されたことが本気で許せなかったのだ。

たしかに非常識で変わっているけど、それは上辺《うわべ》だけだ。上辺とはいえ、さすがにそれは……って思うこともあったけど。

彼は、本当はとても、思いやりにあふれた人なんだと思う。

「ありがとう」

彼はこちらを向かないまま、

「……まぁ、今回は君の感謝を素直に受け取っておくか。今日の僕の行いは、それに値するからな。なるべくこういう面倒なことはやりたくないんだが」

と言って缶コーヒーに口をつける。

「裏でタクシーに待ってもらっている。とっとと帰るぞ」

「うん」

彼は再び、自販機に硬貨を投入する。

「いいよいいよ、わたしの分は！」

振り返った彼は、心底呆《あき》れた表情でわたしを見た。

「ドライバーに渡すんだよ。なんでもかんでも与えてもらえると思ったら大間違いだ」

「そ、そんな言い方なくない？」

やっぱり彼は、結構ひどい人でもあると思う。

あとがき

この物語の元となったアイディアについては、今やおぼろげな記憶しか残っていない。ただ一つ、探偵役である鳥飼歩《とりかいあゆむ》が、当初の案に含まれていなかったことだけはたしかだ。

二〇一六年の二月くらいだっただろうか。近所を歩いていると、ある家の門の近くに立てられている、某企業の社旗《しゃき》が目についた。この家に住んでいそうな少女と父親の姿が唐突に頭に浮かび、ストーリーなんて決まってもいないのに『父の小旗《こばた》』というタイトルまでつけてしまった。自らの勤め先をご近所に誇示《こじ》する父親を、娘はどう思うか——大それた話にするのではなく、些細《ささい》な日常を描いた短編小説にするのが良いのではと考えた。しかし、この頃目指していたのは小説家ではなく漫画の原作者だったので、具体的なネタ出しは行わなかった。

翌一七年、本格的に小説家を目指すことを決める。とある新人賞に向けて、人生初となる本格的な小説執筆に四苦八苦しつつも、次の作品はなにを書こうかと頭の片隅で考えていた。

まなかった。

『父の小旗』をなんとかできないものか。そう思いつつも、そのときの自分は長編で賞を獲りたいという野望を抱いていたので、短編向きだと思われるアイディアはなかなか膨《ふく》らまなかった。

初めての小説が完成に近づいた頃、次なる目標を鮎川哲也賞に定めた。このときに、不登校で、頭が切れて偏屈《へんくつ》な少年、鳥飼歩が生まれた。彼を探偵役にするとして、相手はどうすればいいか。できれば女子がいいと思ったところで、ちょうど歩と同じくらいの年齢の子がいることに気がついた。『父と小旗』の少女が、歩に謎を持ち込めばいいのだ。彼女の名前は、海砂《うみすな》真史《まふみ》とする。二人は中学二年生。そう決めると、なんとなく作品の方向性が浮かび上がってきた。

日常の謎をいくつか解いていくことで歩は、真史の父親が家の敷地に社旗を立てている真の理由に辿り着く――。これなら、賞の応募条件を満たす枚数を書けるのではないか。

しかし読者の皆様もご承知の通り、『探偵は教室にいない』はそういうお話ではない。方針転換をした理由は単に、父が社旗に込めた、家族すら知らない理由をひねり出せなかったからだ。

締め切りの日まで余裕がなかったので、社旗のことは綺麗さっぱり忘れることにした。とりあえず真史の日常を描き出していこうと決め、特別な友人であるエナが生まれる。真史とエナを動かす過程で、総士《そうし》と京介《きょうすけ》という男子二人が彼女たちの関係に入り込んできた。

このとき、あることが閃く。

エナ、京介、総士、真史の順番でスポットを当て、それぞれがメインになる物語を一話ずつつくれば、合計四話になる。最後の四話目は真史がなにかしらのピンチに陥《おちい》り、それを友人三人と歩で助けてあげられれば、なんとか形になるのではないか。今作の基本的な方針はこのように、かなり行き当たりばったりな感じで決まった。

真史の父親を出すつもりはなかったのだが、結局第四話に登場させることになる。しかし彼は、『父と小旗』のときになんとなくイメージしていた人物とはまったくの別人である。というか今思えば、真史のキャラクターも当初想定していた少女とは随分異なっているような気がする。

執筆前に簡単な筋書きをつくるのだが、実際に登場人物がどのように動くか予測することは難しい。

もしこれから趣味で『父の小旗』を書くとしても、最初に思いついたイメージとは異なる物語になるのかもしれない。少女が出来心で社旗を撤去したら、異次元への扉が開き、これまでの日常が一変する可能性だってあるのだ。

本書は二〇一八年、小社より刊行された作品の文庫化です。

著者紹介　1986年北海道生まれ。北海道在住。北海学園大学卒。漫画原作者として活躍したのち、2018年に第28回鮎川哲也賞を受賞、受賞作を改題した『探偵は教室にいない』でデビュー。他の著作にシリーズ第2弾『探偵は友人ではない』がある。

検印
廃止

探偵は教室にいない

2021年9月24日　初版

著者　川《かわ》澄《すみ》浩《こう》平《へい》

発行所　(株)東京創元社
代表者　渋谷健太郎

162-0814/東京都新宿区新小川町1-5
電話　03·3268·8231-営業部
03·3268·8204-編集部
URL　http://www.tsogen.co.jp
フォレスト・本間製本

乱丁・落丁本は、ご面倒ですが小社までご送付ください。送料小社負担にてお取替えいたします。

ISBN978-4-488-44921-6　C0193